Waldtraut Lewin

Alter Hund auf drei Beinen

Frau Quade ermittelt

Kriminalroman

Zweite Reihe 2017
Argument

Redaktion:
Wolfgang Fritz Haug und Gabriele Reinhold

Die Deutsche Bibliothek – CIP-Einheitsaufnahme
Lewin, Waldtraut:
Alter Hund auf drei Beinen : Frau Quade ermittelt :
Kriminalroman / Waldtraut Lewin.
1. Aufl. – Berlin ; Hamburg : Argument, 1996
(Zweite Reihe ; 2017)
ISBN 3-88619-917-7
NE: GT

Die Originalausgabe erschien im Verlag Neues Leben Berlin 1995

Eppendorfer Weg 95a, 20259 Hamburg
Telefon 040 / 40 18 00 – Fax 040 / 40 18 20
Titelgrafik und Signet: Martin Grundmann
Fotosatz: Steinhardt, Berlin. Druck: Alfa, Göttingen
Gedruckt auf säure- und chlorfreiem Papier
Erste Auflage 1996

1

So was ist einfach erlogen.

Er läuft nicht auf drei Beinen. Wahr ist, daß er – oder vielmehr sie, denn sie ist eine Lady – ein bißchen hinkt. Irgendwann in ihrer finsteren Vergangenheit hat ihr jemand den rechten Hinterlauf gebrochen. So schont sie ihn gern und hüpft manchmal auf drei Pfoten, ohne daß das ihre Wendigkeit und Schnelligkeit beeinträchtigen würde. Es stimmt, sie ist alt. Aber sie nimmt es noch mit jedem auf, wenn's drauf ankommt.

Ich habe mir einen alten Hund angeschafft. Das war, nachdem diese Leiche vor meiner Wohnungstür lag. Damit hörte ein alter Lebensabschnitt auf und ein neuer fing an.

Aber hübsch der Reihe nach.

Ich wohne in Berlin-Mitte, Hinterhof, Seitenhaus, Hochparterre, separater Eingang. Vor dem Krieg muß das wohl so 'ne Art Hausmeisterwohnung gewesen sein. Das waren ja stolze und komfortable Häuser von vermögenden und stolzen Leuten, die werden sich wohl einen Hausmeister haben leisten können, bevor sie auswandern mußten, weil sie den arischen Nachweis nicht zusammenkriegten.

Als ich mit meinem Mann da einzog, Anfang der fünfziger Jahre, war alles schrecklich verkommen, aber heil durch den Krieg gelangt. Wie man so sagt, stehengeblieben. Und wir waren froh, daß wir ein Dach überm Kopf hatten und nicht bei den Schwiegereltern hausen mußten. Zwei Zimmer immerhin, Küche, Ofenheizung, sogar Innentoilette. Dusche baute Karlheinz später ein.

Als die Kinder kamen, wurde es ein bißchen eng, aber an was Besseres war bei der Wohnungsnot nicht zu denken.

Als die Kinder zehn und zwölf Jahre alt waren, haute Karlheinz ab, da war wieder mehr Platz, und nachdem ich ein halbes Jahr geheult hatte, fand ich es eigentlich ganz gut.

Dann waren die Kinder auch aus dem Haus, schneller als einer sich umgucken kann, und ich war in der Lage, mich richtig auszubreiten.

Der Hinterhof störte mich kein bißchen.

Es gab zwar keine Sonne, aber drei kleine Birken neben den Müllcontainern. Die Birken sind eine Augenweide, hellgrün im Frühling und goldgelb im Herbst.

Die Wende fiel gerade mit meiner Rente zusammen. Hatte ich ein Glück. So eine alte Sekretärin hätten sie sowieso gefeuert, zumal ich das mit den Computern auch nicht mehr so recht auf die Reihe kriegte.

Nun hatte ich mein Auskommen, wenn es auch recht mager war, und jede Menge Zeit und Neugier auf all die sich verwandelnden Dinge. Das einzige, was mich wirklich ärgerte, war das mit dem Reisen. Mit sechzig hätte ich ja sowieso reisen gedurft. Also hätte das nicht ein paar Jährchen eher kommen können?

Für mich war der Vorteil der Wiedervereinigung minimal.

Eine der ersten Veränderungen, die die neue Zeit außer sündhaft hohen Mieten mit sich brachte, war die Tatsache, daß sich die Leute in meinem Haus überall stahlverstärkte Wohnungstüren mit komplizierten Schlössern einbauen ließen, als wenn sie in einem Hochsicherheitstrakt wohnen würden. Die im Parterre schlugen auch noch mit Metalljalousien und Alarmanlagen zu. Das alles kostete Tausende.

Ich guckte mir das an und schüttelte still für mich den Kopf.

»Müssen Sie sich auch anschaffen, Frau Quade!« redeten mir die Hausbewohner zu. »Die Zeiten sind so!«

Daß ich nicht lache. Als ob es bei mir was zu holen gäbe.

»Soviel Zeug, das zieht doch die Diebe erst an«, sagte ich. »Wenn Sie sich einbauen wie in 'nen Tresor, denkt jeder, wunder was für Schätze da liegen. Ich zeige lieber gleich: Hier ist nichts, hier gibt's nichts.«

»Als wenn es darum ginge!« sagte die Brandt.

Hanne Brandt weiß immer alles und ist schrecklich mit dem Maul vorneweg. Ihr Oller steht dann meist daneben und guckt bedeutend. Das ist seine Lebensaufgabe.

»Also sagen Sie mal!« bemerkte die Brandt. »Lesen Sie denn keine Zeitung? Die erschlagen einen Rentner im Park schon wegen zwei Mark sechzig. Und Sie sind schließlich Rentnerin.«

Ich fand diesen Hinweis besonders nett. Die Brandt ist selbst auch schon über Mitte Fünfzig.

Und dann sagte sie: »Warten Sie nur ab. Sie werden auch noch nach Canossa gehen.«

Wahrscheinlich meinte sie damit klein beigeben oder zu Kreuze kriechen. Aber sie redet gern etwas geschwollen. Meist weitreichend daneben.

Um uns herum wurde es nun im Zuge der neuen Zeit sehr viel bunter.

Allein in unserer Straße gab es inzwischen alles, und wenn ich das sage, meine ich es auch.

Man kann sich sozusagen von der Wiege bis zur Bahre ausstatten. Da ist der Laden mit den Babysachen und dem Spielzeug und der Klamottenshop für die Youngsters. Dann gibt's den Hochzeitsausstatter und das Begräbnisinstitut, und für die Zeit zwischendurch haben wir noch den Waffenhändler und den Sexshop. Also wirklich die ganze Palette menschlicher Existenz – nicht zu vergessen den Kreuzbund zur Bekämpfung des Alkoholismus und der Drogensucht.

Nur die Kita war schon vorher da. Damals hieß sie noch Kindergarten.

Ich konnte mir das alles gelassen angucken mit meiner kleinen Rente und der Aussicht auf die drei Birken im Hof – wozu brauche ich da stahlbeschlagene Türen?

Dachte ich.

Und dann, wie gesagt, lag da die Leiche.

2

Ich muß sagen, daß ich eine recht unternehmungslustige Person bin.

In mir steckt die Neugierde wie der Teufel in der Nonne.

Bloß vor der Glotze sitzen, das ist mir nichts. Für mein Leben gern bin ich abends noch unterwegs, hocke mich in irgendeine alternative Kneipe unter die Jungschen bei 'nem Tee oder 'nem Rotwein, das ist im Budget drin. Und ich guck mir die bunten Vögel an und freu mich an ihnen. Wenn es warm ist, setze ich mich auf eine Bank im Monbi, wie man hier zum Monbijoupark sagt, oder auf einen Gartenstuhl vor einem Szenecafé oder in den Innenhof vom Tacheles zwischen kleine Kinder und junge Hunde und Eltern in Flickenjeans oder seh mir bei Anbruch der Dunkelheit die Mädchen auf der Oranienburger an. Und so gegen zehn, halb elf geh ich nach Haus. Mir passiert nichts. Mir ist nie was passiert.

Wenn man unsere Haustür aufklinkt – sie ist eigentlich nie verschlossen, weil irgendwer immer keinen Schlüssel dabeihat –, kommt man durch eine Art Toreinfahrt, die mal bessere Zeiten gesehen hat. Stuck an der Decke und leere Nischen für Skulpturen. Dann kommt mein Hinterhof mit den Mülltonnen und den Birken, und seitlich gegenüber ist mein Séparée, fünf Stufen bis zur Wohnungstür.

Nicht, daß hier früher nichts los war. Geprügelt haben sie sich und in die Ecken gepinkelt noch und noch. Und eine Schnapsleiche lag hin und wieder schon mal im Flur.

Eine *Schnaps*leiche eben.

Der Typ saß zusammengekauert auf meinen fünf Stufen, Kopf auf den Knien. Sternhagelvoll, dachte ich.

Dabei sah er eigentlich gar nicht wie ein Spritbruder aus. Feine Schuhe und Trenchcoat. Der Hut war ihm über die Augen gerutscht.

»He!« sagte ich. »Aufwachen. Hier ist nicht die Ausnüchterungszelle. Raus aus diesem Hof. Raus aus dem Haus.«

Nichts.

Ich stupste ihn.

Ich muß gestehen, ich tat es mit dem Fuß und aus Distanz.

Seitdem mal so ein Suffkumpan, über den ich einfach hinweggestiegen war, sich umgedreht und mich am Knöchel gepackt hatte, war ich vorsichtig geworden.

Der Typ rührte sich nicht. Aber ich war völlig arglos. Was sollte schon sein. Der hatte eben besonders schwer geladen. Da war ein gröberes Kaliber vonnöten.

Also holte ich aus und trat ihm mit voller Wucht in die Rippen.

Er rutschte zur Seite.

Und da sah ich auch das ganze Blut auf meinen Stufen und den Fleck auf seinem Rücken.

3

Ich beruhigte mich ein bißchen, ausgerechnet auf Hanne Brandts Couch, und auf die Fragen der Polizei wußte ich auch keine andere Antwort, als daß ich nach Haus kam und einer auf meiner Treppe saß.

Aber nun fingen sie erst recht an, mir die Hölle heiß zu machen wegen der Sicherheit. Das halbe Haus redete auf mich ein. Nun müßte ich doch endlich begriffen haben, wie gefährlich ich leben würde ohne solche Tür und solche Jalousien. Dabei war es ja vor der Tür passiert, nicht dahinter.

Man konnte das ja als liebevolle Besorgtheit auslegen, aber mir ging es auf die Nerven. Ich glaube, die fanden bloß, weil sie soviel Geld ausgegeben hatten, sollte ich das gefälligst auch tun. Nach dem schönen Spruch: Wenn einer friert, dann sollen alle frieren.

Das gemeinste Argument war: »Wenn die bei Ihnen ins Wohnzimmer einsteigen und Sie sind in der Küche, Frau Quade, da hören Sie es ja nicht mal!«

Und damit trafen sie leider ins Schwarze. Ich höre nämlich nicht mehr so gut.

Ich weiß, man kann sich so 'nen Knopf mit Batterie im Ohr verpassen lassen, aber in Hinsicht auf Krücken genügt mir eigentlich meine Zahnprothese völlig. Und so schlecht hab ich es bisher gar nicht empfunden, daß ich nicht mehr Ohren wie ein Luchs habe.

Ich hab noch nie darunter gelitten, wenn Oliver Kempowski, vier Treppen Mitte, seine Anlage mit Hard Rock auf volle Lautstärke dreht, und das ewige Gebläke von den vier Kindern bei Schillings ist mir bloß wie ein Gesäusel.

Und immer wieder prophezeite die Brandt: »Sie werden schon noch nach Canossa gehen!« Sie schien sich förmlich in diese Redensart verliebt zu haben. »Was soll denn nun noch kommen nach Mord und Totschlag, damit Sie sich schützen!?«

Natürlich war ich ins Grübeln gekommen nach dem Schock mit der Leiche. Aber so eine Tür? Alle Leute verloren immerzu ihren Schlüssel und mußten den Notdienst rufen, und der Schlosser lachte sich ins Fäustchen und machte Fettlebe. Den mußte ich nicht auch noch bereichern.

Und nach einer schlaflosen Nacht war mir dann was viel Wirkungsvolleres eingefallen.

Das, was mich beschützen sollte, mußte was Lebendiges sein.

Und so schaffte ich mir zweierlei an: einen Studenten als Untermieter und einen Hund.

4

Der Untermieter erwies sich als eine ausgesprochen günstige Anschaffung, ein Schnäppchen, wie man heute sagt.

Im Gegensatz zu Sicherheitstüren, die nur egal weg kosten, brachte er jeden Monat zwei Drittel meiner Miete ins Haus, schleppte die Seltersflaschen vom Gemüsehändler und holte die Kohlen aus dem Keller. Dazu war er freundlich und sah sehr nett aus, und ich lebte richtig auf, als wenn einer meiner Söhne wieder hier wohnen würde.

Er studierte Musik, Klarinette, und hatte seine liebe Not gehabt, eine Bude zu finden. Die Leute wollen alle lieber welche, die auf dem Computer rumhacken, weil das nicht soviel Lärm macht. Aber für mich waren seine Töne nur Gezirpe, sanft wie Grillen auf einer Sommerwiese.

Dann fuhr ich nach Lankwitz ins Tierheim.

Früher, als die Kinder klein waren, hatten wir schon zweimal Hunde, Rassehunde, direkt vom Züchter. So was kann sich ja nun heute keiner mehr leisten, und außerdem ist es eine gute Tat, sich um die armen Viecher zu kümmern, die das Schicksal in Gestalt ihrer ehemaligen Herren gestraft hat.

Was ich in Lankwitz zu sehen kriegte, brach mir fast das Herz, aber was soll's. Einen konnte ich ja nur nehmen, und eine Hündin sollte es sein, groß und möglichst wehrhaft sollte sie aussehen.

Und während ich noch schwankte zwischen einer grauen Schäferhündin mit Ausbildung und 1a-Stammbaum und einer Dobermännin mit rassiger Figur und jeder Menge Temperament, fiel mein Blick auf den Außenkäfig daneben.

Da lag ein großes, zotteliges, stumpf-schwarzes Etwas, das keinen anguckte. Zuckte nicht mal mit den Ohren, als ich es ansprach.

Der Tierpfleger seufzte.

»Das ist die Puschi, 'n ganz liebes Tier, gutartig, friedfertig. Bloß, sie will mit keinem mehr was zu tun haben. Irgendwer wollte sie loswerden. War hier am Zaun angebunden. Die ist so was von traurig. Futter nimmt sie von uns, aber das ist alles. Will nicht spielen, will nicht gestreichelt werden, nix. Tja, die wird wohl keiner mehr nehmen. So alt, wie die ist, ihren Zähnen nach. Und ein Hinkebein hat sie auch. Ewig schade.«

Ich ging an den Zwinger, und die Hündin hob die Schnauze und sah mich an. Die wollte eigentlich nicht mehr. Hatte wohl die Hoffnung aufgegeben, daß mit den Menschen noch irgendwas Vernünftiges anzufangen wäre.

»Na, Mädchen«, sagte ich leise, »hast du nicht Lust? Wir zwei alten Schachteln schmeißen uns zusammen, was meinst du?«

Und so kam ich nach Haus mit einer großen, traurigen, nach Raubtier stinkenden Hundetöle, die öfters auf drei Beinen lief und deren einziges vitales Interesse offensichtlich Fressen war.

Unterwegs – sie ging übrigens »bei Fuß« wie 'ne Eins und benahm sich so korrekt, als wenn sie von der Polizeischule käme – beguckte ich sie mir immer aufs Neue, um rauszukriegen, was wohl in ihr drinsteckte. Ungarischer Hirtenhund, vermutete ich, oder vielleicht sogar Irish Wolfe Hound oder bißchen Neufundländer. Jedenfalls groß und schwarz und lockig.

Puschi, das war ein ganz willkürlicher Name für so einen Findling gewesen, wegen ihrer Locken. Aber so 'n Püppchenname ist doch unwürdig für so ein großes, ernsthaftes Tier.

Und als mir Hanne Brandt über den Weg laufen mußte, als ich mit meinem Hinkebein nach Hause kam, und gleich mit ihrem

Getue und Gequatsche anfing und fragte, wie das Tier denn heißt, fiel mir ihr Standardausdruck ein, und ich sagte: »Canossa. Canossa heißt sie.«

So hatte sie ihren Namen weg.

Und als sie gebadet war und eine schöne Portion Rinderherz mit Haferflocken und Eigelb intus hatte – nichts aus der Dose, ich bitte Sie! –, lud ich sie ein, neben mir auf dem Sofa Platz zu nehmen.

Erst glaubte sie wohl, sie hätte mich mißverstanden. Aber dann war sie mit einem Schwung oben.

Und nach ein paar Minuten, während ich ihre Wuschelohren kraulte, legte sie mir den Kopf aufs Knie. Das war wie Weihnachten. Und gekostet hatte sie mich außerdem auch nur einen Hunderter, Futterkosten und Schwanzgeld im Tierheim. Auch eine gute Investition.

Obwohl ich zugeben muß, ihr Appetit war sagenhaft.

5

Jonas, mein Untermieter, war ein paar Tage auswärts gewesen, bei einer Mugge. Das ist Musikerrotwelsch und heißt: Musikalisches Gelegenheitsgeschäft – eine kleine Veranstaltung, bei der man mit Musik Geld verdienen kann. Soweit hatte er mich aufgeklärt.

Er und Canossa begegneten sich das erste Mal auf dem Flur, und er hatte kein Licht angemacht.

Er schrie so markerschütternd, daß sogar mir die Ohren gellten, und das will was heißen. Ich konnte ja nicht ahnen, daß es solche Komplikationen geben würde. Sonst hätte ich ihn vorher eingeweiht über den neuen Hausgenossen.

Canossa ihrerseits mochte es überhaupt nicht, wenn jemand so laut war. Außerdem hatte sie offenbar den dringenden Wunsch, mit mir allein zu sein. Da hatte sie nun endlich ihren Menschen gefunden, und was passierte? Irgend so ein anderes Wesen tauchte auf und erschreckte sie zudem noch mit Lärm.

Sie sah wirklich beeindruckend aus, wie sie dastand mit zurückgelegten Ohren und gekräuselten Lefzen, kein bißchen mehr puschelig und kuschelig, sondern die Locken im Genick zur Bürste aufgestellt.

Sie wirkte.

»Um Gottes willen, Frau Quade! Nehmen Sie die Bestie weg!« flehte Jonas, als ich in der Wohnzimmertür erschien.

»Kann ich nicht, Jonas«, erwiderte ich. »Erstens ist das keine Bestie, sondern Canossa, und zweitens gehört sie jetzt genauso hierher wie Sie.«

Dann wandte ich mich an die Hündin und versuchte, ihr das gleiche klarzumachen.

»Das ist Jonas, Canossa. Der ist ganz lieb und wohnt hier.«

Dabei glättete ich ihre »Bürste« mit der Hand, aber erfolglos. So erfolglos wie im Moment meine diplomatischen Vermittlungen überhaupt. Sie standen sich gegenüber, Canossa knurrte, und Jonas schlotterte. Sein Klarinettenetui hielt er vor sich hin wie ein ungeschickter Fechter sein Rapier.

»Wollen Sie, daß sie in Ihr Instrument reinbeißt?« fragte ich zu allem Überfluß auch noch.

Er ließ die Arme sinken.

»Frau Quade, ich muß kündigen, wenn Sie diesen Hund behalten. So leid es mir tut.«

»Blödsinn!« sagte ich. »Sie müssen sich mit ihr anfreunden. Gemeinsam werdet ihr unwiderstehlich sein.«

Mir war klar, daß es nur eine Möglichkeit gab, die gegenseitige Abneigung zu überwinden – man mußte Canossas gigantische Freßgier ausnutzen.

Mit einem ziemlichen Aufwand an List und Tücke schaffte ich es schließlich, den bibbernden Jonas an Canossa vorbei in die Küche zu lotsen und ihr – freilich auf einem Brettchen – einen Zwieback hinzuhalten.

Damit war der Bann gebrochen. Mit Futter konnte man bei meiner schwarzen Lady so ziemlich alles erreichen, und der junge Mann fühlte sich nach dieser heroischen Tat so abgehoben, daß er das nächste Stück Zwieback sogar schon vor ihrer Schnauze auf den Boden legte.

Danach hörte ich die üblichen Geschichten: Als Kind vom Hund gebissen – Hunde mögen noch so lieb sein, sie sind doch unberechenbar – die Vergangenheit des Tiers liegt ja nun mal im dunkeln – wie es denn wohl sei, wenn ich nicht da wäre – der Schreck im dunklen Flur und so ...

Ich hatte meine Antworten bereits aus meinem langjährigen Wissen als Hundehalterin und war verständnisvoll und sah alles ein und begütigte.

Der Burgfriede zwischen beiden machte rasche Fortschritte.

Canossa begriff, daß sie trotz allem bei mir die Nummer eins war und der andere eigentlich nichts zu sagen hatte. Wenn er die Wohnungstür aufschloß oder an mein Zimmer klopfte, weil er bei mir heizen wollte, schlug sie kräftig an mit ihrer schönen tiefen Stimme, und das war ja auch ganz in Ordnung, denn sonst hätte ich ihn womöglich gar nicht gehört und bemerkt. Dann knurrte sie noch ein bißchen, aber Jonas war ja nun gewitzt und hatte immer irgendwas Nettes für sie in der Tasche, eine Leckerei oder eine Mohrrübe – sie fraß nämlich alles –, und schon ließ sie ihn in Gnaden gewähren.

Überhaupt wurde sie von Tag zu Tag schöner und selbstbewußter, dank der guten Pflege und der Liebe. Nur ihre Augen hatten ganz tief drin so was Trauriges, das ging nicht mehr weg. Und ich konnte ihr nicht abgewöhnen, stets aufzustehen und hinter mir herzulaufen, auch wenn ich nur mal aufs Klo ging oder in die Küche, um 'ne Selters zu holen. Wahrscheinlich fürchtete sie immer, ich könnte wieder aus ihrem Leben verschwinden, wie sicher schon so manches verschwunden war, was sie geliebt hatte.

Sowohl im Vorder-, als auch im Seiten- und Hinterhaus sah man nun meine Person als ausreichend geschützt an. Jedenfalls wurde ich mit dem Gerede über Sicherheitstüren verschont. Stattdessen kamen noch ein paar mehr Leute auf den Trichter, sich einen Hund anzuschaffen.

Na, zum Glück gab es in unserer Straße genug verwahrloste Grundstücke und ungepflegte Parkanlagen, so daß die Vierbeiner nicht weiter auffielen, beziehungsweise das, was sie von sich gaben.

Ich gab mir immer Mühe, den anderen auszuweichen, wenn ich mit meiner Canossa ging, denn auf ihre Artgenossen war sie nicht allzugut gestimmt, das hatte ich schon rausgekriegt. Rüden, das ging ja noch, aber bei Hündinnen wurde sie ein bißchen zur Furie.

So sah alles ganz rosig aus. Alles paletti, wie es modisch gerade hieß. Bloß daß mir die Leiche vor meiner Wohnungstür nicht aus dem Sinn ging. Mag ja sein, daß derlei in bestimmten Gegenden inzwischen zum Alltag gehört. Aber solche Gegenden würde ich lieber meiden.

Nun sitze ich hier ja seit einem halben Menschenalter. Warum legen sie mir auf einmal so was Schauerliches wie einen Ermordeten vor die Tür – ausgerechnet vor meine? Und dann kriegt man nicht mal raus, wer der Typ war. Vom Mörder mal ganz zu schweigen.

6

Ich hätte mir natürlich denken können, daß die Probleme nicht einfach aufhören.

Es fing damit an, daß Jonas, seine unglaublich blauen Glubschaugen zu mir aufgeschlagen, erklärte, er könne am nächsten Ersten seine Miete nicht zahlen.

Er ist, ich erwähnte es ja schon, wirklich ein hübscher Junge. Blondes Haar, immer so eine Strähne über den Augen, ein Kußmaul – ich weiß nicht, ob er das fürs Klarinettespielen braucht –, großgewachsen, schlank. Ein Bild von einem jungen Kerl.

»Jonas«, sagte ich, »also wie denn? Das geht doch nicht. Ich bin doch drauf angewiesen, bei dem, was Canossa frißt. Wie kommt das denn? Haben Sie kein Bafög oder wie das heißt? Und all die Muggen ...«

Jonas sah unglücklich vor sich hin.

Mit den Muggen hätte es dünn ausgesehen in der letzten Zeit, weil so perfekt sei er noch nicht, um überall zuzusagen. Und das Bafög hätten sie ihm gestrichen. Sein Papa verdiene zuviel.

»Na prima!« rief ich. »Dann kann doch der Herr Vater zur Kasse gebeten werden!«

Aber damit kam ich schlecht an.

Jonas schüttelte energisch den Kopf. Sein Papa, so erklärte er, wäre zwar bereit, beispielsweise für ein Studium der Medizin oder Pharmazie die nötigen Scheinchen hinzublättern, aber niemals für die Musik, und er hätte sich ihm gegenüber hoch und heilig verpflichten müssen, ihn niemals auch nur um einen einzigen Fuffi anzubetteln.

»Hm«, sagte ich. »Dann müssen Sie sich was einfallen lassen. Ich laß mir auch was einfallen.«

Jonas nickte nachdenklich.

Daß man heute mit Teppichklopfen, Kohlentragen für Omas und Babysitten kein rechtes Zubrot mehr verdienen kann, ist ja klar. Dazu sitzen die Leute viel zu sehr auf ihrem Portemonnaie. Und wenn sie schon was ausgeben, dann für eine Teppichkehrmaschine und einen Ölradiator. Die Kinder lassen sie einfach schreien.

Aber dann kam ich doch auf etwas.

»Sie verstehen sich ja inzwischen so gut mit Canossa«, sagte ich.

Jonas guckte skeptisch. »Im Prinzip schon.«

»Na, dann versuchen Sie doch mal, sie morgens auszuführen. – Ich mach ja gern die großen Spaziergänge mit ihr, aber morgens um halb sieben aus dem Bett, das macht mir jetzt keinen Spaß, wo es länger dunkel ist und kälter wird.«

Er sah ein bißchen erschrocken aus.

»Ich soll ganz allein mit Canossa ...?«

»An der Leine gehorcht sie aufs Wort«, beruhigte ich ihn. »Machen Sie doch mal den Versuch. Wenn sie wegrennt, dann höchstens zu mir nach Haus. Und seien Sie energisch.«

Es klappte vorzüglich, und ich erklärte ihm, dafür würde ich ihm schon mal zwanzig Märker im Monat erlassen, wenn er bei schlechtem Wetter früh meine Kleine vor die Tür bringen würde.

»Und außerdem«, sagte ich, »können Sie daraus ein Geschäft entwickeln. Sehen Sie mal, da haben sich jetzt so viele Leute Hunde angeschafft. Und die meisten sind es schon wieder total über, pausenlos ihre Tölen über die Trottoirs zu schleifen. Da gibt es eine sogenannte Marktlücke. Da können Sie einspringen.«

Aber offenbar hatte Jonas doch nicht das rechte Zutrauen zu sich und seinem neugewonnenen Verhältnis zu Hunden. Jedenfalls war er statt auf sie auf was anderes gekommen.

Natürlich war es wieder die Brandt, die es herausgefunden hatte.

»Wissen Sie, was Ihr Herr Frohgemuth vormittags macht?« fragte sie mich, als wir uns bei den Müllcontainern trafen.

»Klar«, sagte ich. »Üben. In der Hochschule.«

»Na, mit dem Üben, das stimmt, denn spielen würde ich das kaum nennen«, antwortete die Brandt boshaft. »Aber daß die Hochschule jetzt in den S-Bahn-Eingang von der Oranienburger verlegt ist, das war mir wirklich neu.«

Natürlich mußte ich mir das ansehen.

Ich machte beim Einkaufen einen kleinen Umweg, und dann wartete ich ab, bis ein Strom Fahrgäste aus der S-Bahn hochkam, um selbst ungesehen nach unten zu gelangen.

Tatsächlich.

Da stand mein Jonas, ein bisher nie an ihm gesehenes Halstüchlein umgeschlagen und ein bisher nie gesehenes gesticktes Käppchen auf dem blonden Schopf, und tutete Jazzartiges vor sich hin. Na, ich hör ja nicht so gut.

Da er beim Spielen die Augen hingebungsvoll geschlossen hielt, trat ich hinzu und warf in den alten Schuhkarton, der aus meinen Beständen stammte, eine Mark.

Mehr konnte ich nicht tun.

Der Markt ist gnadenlos, und schließlich muß ich auf meine Miete kommen.

7

Noch mal zu meiner Neugierde.

Sie ist was anderes als bei Hanne Brandt, die an allen Straßenecken mit jedem über jeden klatscht und deshalb zum Einkaufen die doppelte Zeit braucht, die an den Türen horcht und abends in die Fenster guckt, wenn man den Vorhang nicht zuzieht.

Meine Neugierde bezieht sich aufs Leben allgemein. Ich will nicht so sehr wissen, was einer macht, als vielmehr, warum er's macht. Und vor allen Dingen will ich was wirklich Neues erfahren, nicht bloß das Neueste über das Alte. Darum geh ich ja so gern aus.

Aber nach dieser blöden Leiche vor der Tür war mein Vergnügen an spätabendlichen Ausgängen doch zurückgegangen. Immer, wenn ich in meinen Hinterhof einbog, hatte ich so ein komisches Gefühl in der Magengegend, und unwillkürlich bewegte ich mich langsamer.

Komischerweise war ich nach ein paar Tagen nicht mehr die Bohne daran interessiert, ob und wie dieser Mord aufgeklärt wurde. Ich wollte einfach nichts mehr davon hören und basta.

Jeden dritten Augenblick tauchte die Brandt oder eine andere von diesen Tratschtanten mit einer neuen Theorie auf. Also mir war das egal. Nach neuestem war der Tote mal ein Russe, mal ein Pole, und wenn auch gar nichts klar war, so doch das eine, daß er das Opfer eines Krieges zwischen rivalisierenden Mafia-Gangs sein mußte. Warum die ihre Kriege ausgerechnet auf meinen Treppenstufen führen mußten, konnte ich nicht ganz verstehen.

Aber wollte man Hanne Brandts Aussagen trauen, bekam die Polizei wohl auch nichts Rechtes heraus. Niemand aus dem Kiez hatte den Mann vorher schon mal gesehen, keiner konnte sich an ihn erinnern. Und das ist bemerkenswert bei Leuten, die behaupten, Furz und Feuerstein zu kennen und wiederzuerkennen, und ihre Nase in jeden Quark stecken.

Das nächste Vorkommnis, das meine Neugier weckte, hing mit dem Regenwetter zusammen. Es war wie November im Oktober, eiskalt und stürmisch dazu. Mir taten die Mädchen in der Oranienburger leid in ihren kurzen Lederjäckchen, untenrum praktisch nichts an. Da winkten die Nierenbeckenentzündungen als Massenkrankheit. Mühsam hielten sie ihre großen buntgemusterten Schirme gegen den Wind und ihre unter der Schminke vor Kälte graupeligen Gesichter ins Licht der Autoscheinwerfer. Ich konnte gar nicht hingucken, als ich von meinem Schöppchen Roten nach Haus ging. Es wurde gerade dämmrig. Canossa hinkte neben mir her, als ob man sie mit diesem Wetter persönlich beleidigt hätte, schüttelte sich alle hundert Schritte und linste vorwurfsvoll zu mir herauf.

Da, wo ich zu meiner Straße abbiege, steht fast immer dasselbe Mädchen. Ich hab ihr vorigen Winter sogar ein paarmal 'n Kaffee vorbeigebracht, und wir grüßen uns. Sie ist so 'ne Zierliche, Blonde, Langbeinige – was nichts besagt, denn sie sind ja fast alle zierlich, blond und langbeinig. Aber sie hat ein paar so kohlschwarze Augen im Kopf, daß ich ihr das Blond noch weniger abnehme als den anderen.

»Hu«, sagte sie, als sie unser ansichtig wurde, »da jagt man doch keenen Hund vor die Tür, wa, Canossa?« Und hielt der Hündin die Hand mit den langen Nägeln zum Schnuppern hin. Canossa wedelte. Der Geruch gefiel ihr. Aber dich, dachte ich, dich jagen sie vor die Tür.

»Scheißarbeit bei dem Wetter, was Silvie?« bemerkte ich vorsichtig. Man will ja keinen kränken.

Sie zuckte die Lederschultern.

»'n Job wie jeder andere, Frau Quade. Auf'm Bau wollen sie ja das Schlechtwettergeld jetzt auch streichen.«

Ich wünschte ihr Glück und beeilte mich nach Hause. Und als ich Jonas so seinem Namen entsprechend – nämlich frohgemut – in der Küche hantieren und einen schönen heißen Tee zu Spiegeleiern bereiten sah, vergaß ich ganz, daß er ja vormittags auch im S-Bahn-Eingang herumbibberte, und mir fiel das arme Luder von der Ecke ein, so daß ich sagte: »Eigentlich ist nicht einzusehen, warum 'ne Rentnerin, die nicht mal pünktlich Miete kriegt, bei solchem Wetter auch abends mit dem Hund gehen soll. Die ganze Woche sind Sie dran, Jonas.«

Und er antwortete eifrig und bestürzt: »Aber klar doch, Frau Quade! Natürlich, Frau Quade!« Und ich kam mir gleich wieder richtig schlecht vor.

Also Jonas ging morgen und übermorgen und überübermorgen mit – nicht nach – Canossa, und es regnete ja auch tatsächlich die ganze Woche lang. Am vierten Tag – ich machte gerade Frühstück für uns drei – kam er angelaufen, daß mein armes Tier richtig hechelte. Er übrigens auch.

»Was ist denn los?« fragte ich. »Ist euch jemand auf den Fersen?«

»Und ob«, sagte er und fiel pustend auf den Küchenstuhl. »Und wenn Sie wüßten, weshalb, würden Sie die Hände überm Kopf zusammenschlagen. Ich hätte jetzt glatt die Miete für ein halbes Jahr zusammengehabt. Hätte Ihnen nur erzählen müssen, Canossa wär mir weggerannt.«

»Da hätten Sie gar keine Miete mehr zu zahlen gebraucht«, sagte ich und trocknete meinem Hundchen die nassen Pfoten ab, »denn ich hätte sie noch heute rausgeschmissen. Aber erzählen Sie mal.«

Am Frühstückstisch packte Jonas dann aus.

Es war nun schon das vierte Mal, daß ihm ein Typ Geld für Canossa angeboten hatte. Erst hundert Mark. Vorgestern mehr. Gestern noch mehr. Und heute das meiste.

Da Jonas die Summe nicht sagte, fragte ich lieber nicht nach. Es mußte beachtlich gewesen sein, so beachtlich, daß man sich bei Nennung unglaubwürdig machte.

Ich guckte zu Canossa rüber. Die lag in der Nähe des geheizten Beistellherdes, hatte den Kopf auf die Tatzen gelegt und die Augen behaglich geschlossen. Sie war zwar unbestreitbar eine eindrucksvolle Person, aber daß sie so einnehmend wirkte, daß irgendwer mindestens, wenn nicht noch mehr für sie ausgeben wollte, kam mir merkwürdig vor.

»Und heute«, hörte ich Jonas sagen, während ich mir geistesabwesend Margarine auf den Toast schmierte, »ist uns dieser zweite Typ sogar hinterher.«

»Welcher zweite Typ?«

»Es waren zwei. Der erste kam vorgestern und den Tag davor. Gestern und heute war es der andere.«

Ich schüttelte den Kopf. »Du bist sicher, daß du dir nichts einbildest?«

In der Hitze des Gefechts hatte ich ihn geduzt, aber er schien es gar nicht zu merken.

»Aber, Frau Quade! Er fuhr direkt neben mir her, bis vor die Haustür!«

»Also nun mal hübsch der Reihe nach. Vorgestern ...«

»Vorvorgestern fuhr der erste an uns ran, als Canossa gerade ihr Pfützchen machte.«

»Moment mal. Mit 'm Fahrrad oder wie?«

»Mit 'm Auto!«

»Wie denn das?«

Jonas kramte in der Zuckerdose und druckste herum.

»Na ja. Weil es doch so regnete. Ich dachte, das Wetter macht Canossa auch keinen Spaß, und da bin ich mit ihr eben nicht auf die Wiese gegangen, sondern auf den Streifen mit dem Gebüsch, gleich hinterm Parkplatz. Ich weiß ja, daß Sie das nicht mögen. Jedenfalls, der fuhr vor, also ich würde den Stil als schnittig bezeichnen. Dann machte er die Tür auf, ohne auszusteigen, und sein Angebot. Ich dachte erst, das ist ein Witz. Und als ich sagte, sorry, aber der Hund ist gar nicht meiner, nickte er nur und sauste wieder ab. Und weil ich eben dachte, es wäre bloß ein Joke gewesen, ging ich vorgestern an dieselbe Stelle. Aber er kam wieder. Das gleiche Spiel, nur daß er erhöhte.

Und gestern dann der andere ...«

»Jonas«, unterbrach ich ihn. »Einmal, zweimal, gut und schön. Aber warum sind Sie ein drittes und viertes Mal auf den verflixten Parkplatz gegangen?«

Jonas betrachtete die Marmelade, als könne er aus ihr Antworten über die Widersprüchlichkeit der menschlichen Natur herauslesen.

»Ich wollte es nun wissen«, sagte er langsam.

»Was wissen?«

»Ob sie es ernst meinen«, erwiderte er seufzend, und ich hatte den dringenden Verdacht, daß er mir irgend etwas Wesentliches unterschlug. Zu alldem war er rot geworden.

»Wer sind ›sie‹?« bohrte ich.

Er zuckte die Schultern.

»Der erste«, sagte er vage, »war bestimmt nur der Unterhändler. Aber der andere wurde deutlicher. Der war der bessere. Fuhr auch einen ganz anderen Wagen.«

»Was für einen Wagen?«

Jonas seufzte.

»Ich hab mich noch nie für Autotypen interessiert. Aber beide waren dunkelblau.«

Erschöpfende Auskunft.

»Weiter«, drängelte ich. »Was machte der zweite?«

»Der zweite redete so richtig nett auf mich ein. Er wüßte natürlich, daß mir das Tier nicht gehöre. Und mein Pflichtbewußtsein würde mich ja ehren. Aber ich könnte doch einfach angeben, das Tier sei entlaufen. Sicher, das gäbe Ärger. Aber die Entschädigung sollte auch nicht zu knapp ausfallen. Damit wedelte er mir mit den Scheinen vor der Nase rum und wollte schon nach Canossas Leine grapschen. Und murmelte, dem Tier würde es bei ihm an nichts mangeln.

Aber Canossa, die vorher wie begossen im Regen gestanden hatte und sich um nichts kümmerte, fand das offenbar ungehörig. Sie fing an, mächtig zu knurren, so, daß sogar ich 'nen Schreck kriegte.«

»Brav gemacht, altes Mädchen«, sagte ich, und sie schielte zu mir hoch und klopfte mit dem Schwanz. Natürlich hatte sie von nichts 'ne Ahnung. Es war nur, weil ich sie lobte.

»Jedenfalls«, fuhr mein Untermieter fort, »nutzte ich die Gelegenheit, und wir nahmen die Beine in die Hand. Aber der Typ fuhr uns nach bis vor die Haustür. Eklig, so was.«

»War das jetzt gestern oder heute?«

»Heute.«

»Und gestern?«

»Ähnlich, bloß ohne nachfahren«, sagte er nebulös. Worauf er seinen Kaffee auf einen Hieb hinterstürzte.

»Wie sahen diese Idioten denn aus?« forschte ich und ahnte schon, daß ich auch darauf keine vernünftige Auskunft kriegen würde – was prompt der Fall war.

»Irgendwie seriös«, kam die Antwort. »Weißes Hemd, Schlips mit Krawattennadel, Anzug, Haarschnitt.«

Mir fiel das Gequatsche von der Brandt ein.

»Hatten die irgendeinen Akzent?« fragte ich.

Jonas sah mich verständnislos an.

»Akzent? Nee. Die redeten wie Sie und ich. Also hochdeutsch.

Was mich ehrte, denn wenn ich mich nicht zusammenreiße, berlinere ich ziemlich übel. Daß Jonas sein Sächsisch für Hochdeutsch hielt, das wußte ich schon.

Mir war der Appetit vergangen. Ich legte meinen angebissenen Toast für Canossa beiseite. Verfressen, wie sie war, nahm sie auch so was.

»Warum in aller Welt haben Sie es mir erst heute gesagt?« fragte ich.

»Ich weiß auch nicht. Eigentlich dachte ich, es ist nicht so wichtig und Sie machen sich bloß Sorgen. Bis auf heute eben. Da wurde es mir zu bunt.«

Er sah mich nicht an. Irgendwas kam mir spanisch vor an der ganzen Geschichte.

»Canossa, meine Schöne«, fragte ich sie und hockte mich zu ihr, »verstehst du, warum die auf dich scharf sind? Verrat es mir.«

Sie sah mich tiefgründig an.

Dann drehte sie sich mit einem wonnigen Grunzen auf den Rücken, streckte die Pfoten in die Luft und präsentierte mir zwischen Locken ihren scheckig pigmentierten Bauch. Was soviel hieß wie: bitte um Streicheleinheiten.

Also von ihr würde ich es nicht erfahren.

Aber von Jonas offenbar auch nicht.

Meine Miete kriegte ich übrigens ein paar Tage später. Das Getute in der S-Bahn mußte sich wohl doch auszahlen.

8

Ich beschloß also, wieder selbst mit Canossa Gassi zu gehen, auch wenn es morgens Steinlawinen hageln sollte.

Neugierig, wie ich nun mal bin, nahm ich ebenfalls den Weg zu dem Grünstreifen hinter dem Parkplatz, exakt zu der Zeit, in der Jonas unterwegs gewesen war. Eifrig hielt ich Ausschau nach den bösen Männern in den dunkelblauen Autos.

Nichts.

Bis es mir zu dumm wurde und wir lieber wieder in den Park gingen, hinten an die olle ungepflegte Wiese, wo die Stadtgärtnerei ihre Abfälle hinkarrt, so daß der Hundedreck die spielenden Kinder und die Liebespaare nicht belästigt.

Aber da gefiel es mir auch nicht mehr.

Immer öfter tauchten dort so Typen in Lederjacke mit sogenannten Kampfhunden auf, die, Stachelhalsband um und Maulkorb vor der Schnauze, an ihren Peitschenleinen zerrten und wie verrückt geiferten, wenn sie meine Canossa sahen.

Nicht, daß wir uns gefürchtet hätten.

Canossa ignorierte diese Angeber mit einer Gelassenheit, von der ich annahm, daß Erfahrungen ernster Art dahintersteckten, und ich für meinen Teil hatte immer das Gefühl, als wenn diese blutdürstigen Monster, wenn sie einmal von der Leine waren, nur noch halb so kampfgierig sein würden, wie sie taten.

Aber ich bin ein friedfertiger Mensch und kann Gekeife nicht ausstehen. Und meine Canossa war von diesen Raufbolden doch so irritiert, daß sie sich nicht herabließ, das zu machen, weshalb wir ausgegangen waren.

Also wechselten wir auf einen freien Platz zwischen ein paar heruntergekommenen Mietshäusern, der uns sicher nicht mehr lange erhalten bleiben würde. Bauland war nicht mit Gold aufzuwiegen, hier in Mitte, und das Haus rechts gegenüber, das von den sympathischen jungen Menschen besetzt worden war, hatten sie gerade mit Polizeigewalt geräumt, obwohl den jungen Leuten zugesagt war, daß sie alle Mietverträge bekommen sollten und Unterstützung beim Ausbau, und jetzt standen da schon die Baugerüste.

Die Hunde-Menschen-Gesellschaft war zwar auch da gemischt, aber der Anteil an Stinkstiebeln war doch bedeutend geringer als im Park. Junge Künstler, Alternative und Punks führten da ihre freundlichen Biester mit den schicken Halstüchern spazieren, Hunde, die so in sich ruhten, daß sie nicht mal 'ne Leine brauchten, und die gern mit Canossa spielten. Die ängstlichen Omas, die ihre kleinen Kläffer immer gleich auf den Arm nahmen, wenn sie so ein Kaliber wie Canossa sahen, blieben hier weg, weil ihnen das hier zu unbürgerlich war, und die mit den Kampfhunden auch.

Mir wurde die Ecke immer lieber, ich ging oft auch abends dahin, und inspiriert von der Mode der Jugend, band ich meinem alten Mädchen auch ein Halstuch um, rot mit Fransen, und das machte sie gleich viel jünger und auch attraktiver – die Rüden standen ohnehin noch auf sie. Eben 'ne starke Frau, meine Canossa.

Das ist ja nun eine Zeit, wo es früh dämmrig wird.

Ich näherte mich so gegen fünf Uhr nachmittags dem neuentdeckten Platz und hörte schon von weitem, daß es dramatisch zuging. Außer wütendem Gekläff in unterschiedlichen Tonhöhen hörte ich auch noch jemanden zetern.

Erst wollte ich gleich kehrtmachen. Solche Auseinandersetzungen sind nicht nach meinem Geschmack.

Aber dann hörte ich was, das noch weniger nach meinem Geschmack war. Da sagte nämlich jemand: »Ausländersau.« Und wenn ich das verstehe, dann muß es schon in ziemlicher Lautstärke vorgebracht werden.

Also nahm ich Canossa kurz und gab ihr den Befehl: »Paß auf!« was sie sofort veranlaßte, ihre Puschelohren aufzustellen und in eine Art hinkenden Stechschritt zu verfallen.

Der Typ mit dem Schnauzbart, der seine kleine Setterhündin im Jogginganzug ausführt und sie immer so anschreit, als wenn das Tier meine Ohren hätte, stand vor einer sehr kleinen Frau in einem abgewetzten Armeeparka, neben der so brav, als wenn er aus Porzellan wäre, ein hübsch gefleckter Dalmatiner saß. Die Setterhündin des Schnauzbarts buddelte irgendwo weiter hinten so hingebungsvoll, daß die Batzen flogen und als ob sie annahm, in Berlin Mitte könnte man einen Fuchsbau ausheben. Beide Hunde waren ganz ungerührt von dem Gebrüll, das der Mann auf die kleine Frau losließ und das aus so profunden Wünschen bestand wie: »Hau bloß ab nach Haus, Russenweib! Uns erst die Arbeit wegnehmen und uns dann noch vollnöhlen! Sei froh, daß ich dir und deinem Mistköter nicht meine Senta auf den Hals hetze!«

Eigentlich war das zum Lachen, denn der Hals, auf den er die kleine Senta hetzen wollte, war höchstens der eines Meerschweinchens. Aber natürlich ging so was nicht.

Wir betraten den Schauplatz ruhig, aber entschlossen, und meine energische Frage: »Was geht hier vor?« wirkte bestimmt genauso imponierend wie Canossas versammelter Hinkschritt.

Der Schnauzbart holte gerade Luft, um neu loszubrüllen, als die kleine Frau ganz ruhig sagte: »Er ist einfach dumm. Ich habe ihm gesagt, er soll seine Hündin hier nicht graben lassen. Der Boden ist nicht sauber, da liegen Scherben und Nägel. Und auch Metall. Sie kann sich verletzen. Aber er schreit nur solchen Unsinn.«

Sie sprach ein klares, gewähltes Deutsch mit einem leichten Akzent. Aber letzteres hatte wohl schon ausgereicht, den Typen zu seiner Schimpfkanonade zu bewegen. Das und ihre Frisur. Sie hatte nämlich ihr rötliches Haar in Zöpfe geflochten und dann zu einem Kranz aufgesteckt, wodurch sie ein bißchen so aussah wie die kleinen Mädchen der Generation, aus der ich komme.

»Dumm? Hast du mich etwa dumm genannt, du Ausländerschlampe?« röhrte ihr Widerpart. »Willst du ein paar aufs Maul haben?«

»Na, das lassen Sie aber mal fein bleiben«, mischte ich mich ein. Und als Canossa merkte, daß ich sauer war, entließ sie aus ihrer Kehle ein dumpfes Knurren, daß den Kerl ja denn doch beeindruckte.

Er zog sich vorsichtshalber einige Schritte zurück und ging dann gegen mich los: »Halt dich da raus, Olle, mit deiner hinkenden Töle! Deutschland den Deutschen!«

»Klar, solchen Typen wie Sie!« konterte ich.

Als nächstes kam irgendwas von »vergessen zu vergasen«. Mir wurde es langsam zu bunt.

»Noch ein Wort«, sagte ich wütend, »und ich hole die Bullen. Ich weiß ganz genau, wo Sie wohnen, und werde gern als Zeuge gegen Sie auftreten, wenn Sie das Fräulein hier weiter beschimpfen.«

Er wollte gerade wieder loslegen, als er über meine Schulter glotzte, als wäre hinter mir ein Gespenst aufgetaucht.

Ich drehte mich um.

Einer von den Kunden, wegen denen ich eigentlich die Lumpenwiese im Park verlassen hatte, betrat die Arena. An ihren straffgespannten Leinen röchelten zwei von den gefleckten Bullterriern, die so aussehen, als ernährten sie sich von kleinen Kindern.

Na, dachte ich, prost Mahlzeit. Jetzt können wir wohl einpacken, wir Weiberchen. Ich hab keine Lust, Canossa in einen ungleichen Kampf zu schicken. Der Klügere gibt nach, auch wenn er sich dabei schwarz ärgert.

»Kommen Sie, Kleine«, sagte ich zu der jungen Frau mit dem Dalmatiner. »Hier wird es mulmig. Ehrenvoller Rückzug.«

Aber sie sah mich nicht an.

Sie beugte sich zu den beiden Bullies hinunter und streichelte sie, und die waren auf einmal wie ausgewechselt. Richtig klein machten sie sich vor der Person, legten die Ohren an und wedelten mit ihren Stummelschwänzen. Und richtig klein machte sich auch ihr Herrchen, so 'n Typ in Leder und Cowboystiefeln mit Pomade im Haar.

»Irgendwelche Probleme, Frau Doktor? Hat der Mistkerl da Sie angemacht?« fragte er und entblößte im Lächeln seinen Goldzahn.

»Nicht der Rede wert«, erwiderte die Kleine in ihrem klaren, harten Deutsch. »Der Herr wollte nicht verstehen, daß sein Setter hier nicht graben kann. Er kann sich verletzen.«

»Hast du's jetzt kapiert, Eckenpisser?« erkundigte sich der Kampfhundbesitzer überströmend freundlich.

Aber da kam keine Antwort mehr.

Schnauzbart war schon voll im Rückzug begriffen. Hörte gar nichts mehr. Rief, vielmehr brüllte nach seinem Hund und zog mit ihm ab, wobei er weiter auf ihn einschrie. Das Tier konnte einem wirklich leid tun.

»Und Sie?« wandte sich der merkwürdige Beschützer jetzt an mich. »Was stehen Sie hier rum?«

»Ich führ meinen Hund aus wie alle anderen auch«, sagte ich.

Die kleine Frau sprang ein. »Die Dame hat sich für mich eingesetzt«, bemerkte sie. »Wirklich sehr tapfer.«

Es klang belustigt, und ich wurde langsam wütend.

»Finden Sie das komisch, wenn man vorschlägt, Sie zu vergasen?«

»Oh, das hat er nicht getan«, korrigierte sie. »Er hat nur gesagt, andere hätten es vergessen.«

Sie beugte sich jetzt auch zu Canossa, und Canossa knurrte, was sie nicht hinderte, ihr an die Schnauze zu fassen und ihr Gebiß zu begutachten.

»Fein in Ordnung für ihr Alter«, bemerkte sie anerkennend. »Trotzdem sollten sie öfter mit ihr zum Tierarzt gehn.«

»Tu ich doch«, sagte ich. »Ich bin bei Doktor Petersen.«

»Doktor Petersen – überlastet«, sagte sie bestimmt.

Das war korrekt. Alles aus dem Kiez, alle Omas mit ihren Pudelchen und alle Opas mit ihren Wellensittichen saßen bei Petersen und redeten aus ihrem Leben.

Sie wühlte in den Taschen ihrer Parka.

»Hier. Falls Sie mögen, schauen Sie mal vorbei. Ganz nah. Die erste Behandlung ist kostenlos.«

Sie drückte mir eine Visitenkarte in die Hand.

»Soll ich Sie nach Haus begleiten, Frau Doktor?« fragte das Bullterrier-Herrchen zuvorkommend.

»Danke, Herr Lemke, nicht nötig. Bis demnächst in meiner Praxis.«

Sie entfernte sich mit ihrem Dalmatiner. Es war inzwischen dunkel.

Der Kerl warf einen langen Blick auf mich und Canossa.

»Was gucken Sie so?« fragte ich. »Gibt's was Besonderes?«

»Kann schon sein«, brummelte er. Dann zottelte er mit seinen Hunden weiter.

Auf einmal war ich allein. Canossa konnte in Ruhe pinkeln. Darauf legte sie Wert.

Im Licht der nächsten Straßenlaterne entzifferte ich die Karte. »Kleintierpraxis Dr. Natalia Schtakowa-Finkelschtejn« stand da und die Adresse.

Was für ein Gefühl das wohl ist, wenn man so einen Namen hat und gesagt kriegt, daß man vergessen hat, sie zu vergasen?

9

Im Durchgang vom Vorderhaus war großes Palaver.

Hanne Brandt, wie sollte es anders sein, assistiert von ihrem Gatten, schwang das große Wort. Bloß daß ich nicht verstehen konnte, wovon sie redete. Um das Ehepaar Brandt scharten sich noch der dicke Schilling, der mit seinen vier Kindern immer rumschrie, seit ihm seine Frau abgehauen war – Arbeit bei der Müllabfuhr –, die Mueller mit »ue« vom Gemüseladen gegenüber, Oliver Kempowski, der Schicht bei Narva gearbeitet hatte und, seitdem er arbeitslos ist, seine Musik den ganzen Tag laufen läßt statt bloß paar Stunden. Mit von der Partie waren noch Liane Freiberg, Op-Schwester in der Charité, und ihre Busenfreundin Ricci, die ich noch kannte, als sie Ulrikchen hieß und mit meinem jüngeren Sohn im Sandkasten spielte. Komplettiert wurde der harte Kern der Haus-Mafia – in der DDR nannte man das Hausgemeinschaftsleitung, kurz HGL – von Professor Bauhöffer, Vorderhaus, erste Etage rechts, ein Mann, der Marxismus-Leninismus gelehrt hatte und von dem man behauptete, daß er früher Leute verpfiffen hatte, die politische Witze erzählten. Jetzt ist er Vorruheständler und joggt morgens durch den Kiez, immer mit einem Pepita-Hütchen auf dem Kopf.

Ich hoffte schon, ich würde ungeschoren an dieser bewegten Gruppe vorbeikommen, und grüßte nett, aber unverbindlich.

Aber da hatte ich meine Rechnung ohne die Brandt gemacht.

»Da kommt sie ja endlich!« trompetete sie. Weil ich ein bißchen schwer höre, tut sie immer, als wenn sie mit 'ner Blöden spricht.

»Die Polizei ist gerade weg!«

Die konnten mich mal!

»Fein«, sagte ich. »Dann ist ja alles in Ordnung.«

»Ach, Sie wissen es schon?!

»Ich hab keine Ahnung, aber vielleicht kann ich auch ohne leben?«

Ein allgemeines Gemurmel der Mißbilligung erhob sich aus der Gruppe.

Dann sagte Hanne Brandt mit allem Sarkasmus, den sie aufbringen konnte: »Tja, wenn Sie meinen. Nur, daß da zufällig wer niedergeschlagen wurde, als er gerade Kohlen holte. Und zufällig waren das Ihre Kohlen, und das Opfer hieß zufällig Jonas Frohgemuth.«

Ich war die Meute kaum losgeworden. Am liebsten hätten sie sich alle in meine kleine Wohnung gedrängt und geguckt, ob das arme Opfer noch am Leben war. Dabei war das arme Opfer mit einem kleinen Pflaster überm Auge postwendend wieder aus der Charité entlassen worden, und die Aussagen bei der Polizei hatte er sogar schon vorher absolviert.

Mein Jonas saß in der Küche bei einem Topf Kamillentee und sah kläglich aus.

»Nehmen Sie lieber was Kräftiges«, schlug ich vor und holte die Flasche mit dem Steinhäger aus dem Küchenschrank. »Langsam muß ich ja ein schlechtes Gewissen kriegen. Wenn Sie mit meinem Hund gehn, macht man Sie an, und wenn Sie meine Kohlen holen, will man Ihnen was.«

Ich hatte das eigentlich im Scherz gesagt, aber er nickte todernst. Den Steinhäger schob er zur Seite, das war wohl nicht seins.

»Nun erzählen Sie mal, wie das zuging«, forderte ich ihn auf und hob mein Glas.

Jonas seufzte abgrundtief

»Da gibt's nicht viel zu erzählen, Frau Quade. Ich hatte vergessen, die Kohlen zu holen, solange es noch hell war. Ich weiß ja, daß im Kellergang kein Licht brennt. Hätte eben eine Taschenlampe mitnehmen sollen. Jedenfalls bin ich da rumgetappt im Halbdunkel, hab auch das Schloß gefunden und Licht im Keller gemacht und die Kohlen eingesackt. Da hat es geraschelt, und ich hab natürlich gedacht: eine Ratte! und möglichst laut gepoltert, damit sie sich verzieht. Dann bin ich raus, Licht aus, und als ich beim Abschließen bin, haut mich jemand über den Schädel, daß ich Sterne sehe, und flitzt die Kellertreppe hoch – und weg ist er.

Ich hab meine Eimer stehenlassen und bin hochgewankt, und auf dem Hof war dann, Gott sei Dank, Herr Brandt, der wollte die Teppiche seiner Gattin klopfen. Und so haben wir dann die Polizei geholt.«

So sprach Jonas und nahm einen langen Schluck Kamillentee.

Mir hingegen war der Geschmack an meinem Steinhäger vergangen. So was aber auch! Da mußte man ja noch einmal ein bißchen nachfragen.

»Da muß Brandt den Kerl doch gesehen und gehört haben, wenn er vor Ihnen die Kellertreppe hoch ist!«

»Leider nicht, Frau Quade. Er klopfte ja Teppiche. Das war Krach genug. Und dann der Staub – und dunkel wurde es auch schon.«

Noch mehr gute Gründe waren wirklich nicht nötig.

»Und Sie meinen, da hat Ihnen einer regelrecht im Keller aufgelauert?«

»Es kann ja gar nicht anders sein.«

»Einer, der wußte, daß Sie auf alle Fälle noch für die olle Quade die Kohlen hochholen?«

»Muß er ja wohl!«

»Hm. Und er hat Sie von hinten über den Kopf gehauen? Haben Sie eine Ahnung, womit?«

Jonas zuckte die Schultern.

»Vielleicht mit einem Holzstück?« mutmaßte er.

»Möglich. Aber eigentlich müßte es ja was Gebogenes gewesen sein. Vielleicht ein Bumerang.«

»Wieso?«

»Na, weil Sie das Pflaster über der Stirn haben. Vorne.

Jetzt war Jonas beleidigt.

»Da passiert einem eine so schreckliche Sache, ich bin ganz durcheinander, und Schmerzen habe ich auch, und da kommen Sie jetzt und fangen mich an zu fragen, als wären Sie die Polizei und ich hätte was ausgefressen. Ich steh ja vielleicht unter Schock, nicht wahr? Kann sein, ich hatte mich schon halb umgedreht, was weiß ich. Solche Momente bewahrt man doch nicht so genau im Gedächtnis!«

Ich tätschelte seine Hand.

»Es geht doch nur darum, daß wir alles schön genau haben. Vielleicht kommen wir dann dahinter, wer der Kerl ist und was er wollte. Hat er eigentlich was gesagt?«

Die Antwort ließ auf sich warten. Dann erwiderte Jonas: »Keinen Pieps. Er war stumm wie ein Fisch.«

Er war kein besonders geschickter Lügner.

»Haben Sie Feinde, Jonas?« drang ich in ihn. »Wer könnte dahinterstecken? Gibt es irgendeine Vermutung übers Warum?«

Er sah mich von unten an.

»Ich denke«, sagte er tiefgründig, »es hängt alles mit Canossa zusammen. Sie sollten sich vielleicht doch wieder von ihr trennen.«

Mir verschlug es die Sprache.

Dann holte ich tief Luft. »Weil man Ihnen im Keller eins über'n Schädel gehauen hat, soll ich mich von meinem Hund trennen? Sind Sie denn noch bei Trost? Wo gibt es da einen Zusammenhang?«

Er sagte nichts und sah aus, als wenn er gleich losheulen wollte. Was auch immer an diesem Lügenmärchen dran war, eins stand fest: Jonas wurde von irgend jemandem unter Druck gesetzt. Irgendwas war faul. Nur aus diesem Unsinn, den er da vorbrachte, konnte ich einfach keinen Sinn herausfiltern.

»Warum soll ich Canossa weggeben? Sagen Sie mir das!« redete ich weiter auf ihn ein.

»Sie hat ein Geheimnis«, sagte er tiefgründig.

»Klar hat sie das. Mehr als eins. Weder Sie noch ich wissen was von ihrer Vergangenheit. Aber was soll's? Ich kenne Ihre Hintergründe ja auch nicht.«

Er wurde mal wieder rot.

»Ich bin ein Musikstudent, der kein Geld hat«, sagte er entwaffnend. »Andre Hintergründe habe ich nicht.«

Es hatte keinen Zweck. Ich gab auf. Er tat mir leid.

»Und meine Kohlen?« fragte ich. »Und mein Kellerschlüssel?«

»Das muß alles noch unten sein«, erwiderte er unglücklich. »Ein Eimer war sogar umgekippt.«

Ich nahm Canossa sonst nicht mit in den Keller. Da legen sie Rattengift aus, und verfressen, wie sie ist, würde sie das glatt wegputzen, wenn man nicht hinguckt. Jetzt packte ich sie am Halsband, nahm die Taschenlampe und zog los.

Die Tür zum Vorkeller war offen.

Beinah wäre ich über die beiden Eimer gestolpert. Sie standen wohlgeschichtet und kein bißchen umgekippt direkt hinter der Tür. Ich brauchte nicht mal die Treppe runter. Mein Schlüssel war sorgfältig obenauf gelegt.

Vielleicht hatte einer der Hausbewohner...

Aber da konnte ich keinen fragen.

Das Parlament der Haus-Mafia im Flur hatte sich zu meiner Genugtuung inzwischen aufgelöst.

Canossa schnüffelte aufgeregt an den Eimern. Irgend etwas irritierte sie. Na, mich auch, obwohl es sicher was anderes war.

Ich trug meine Kohlen in die Wohnung.

Jonas hatte es vorgezogen, ins Bett zu gehen und seine Wunde zu pflegen. In seinem Zimmer brannte kein Licht mehr.

»Canossa, kannst du mir das erklären?« sagte ich. Es war eine rein rhetorische Frage.

Ich kraulte sie hinter den Ohren und an der Brust und grübelte, wer oder was auf der Welt ein Interesse daran haben könnte, uns beide zu trennen.

10

Die Wahrheit muß ans Licht: Ich habe einen heimlichen Tröster, hier im Haus.

Als Karlheinz mich damals sitzengelassen hatte, war ich ziemlich mit den Nerven fertig. Es regte mich mehr auf, als die Sache eigentlich wert gewesen war, denn die Liebe hatte sich schon lange verflüchtigt. So sehe ich die Sache jedenfalls heute.

Zu der Zeit hatte das Haus an mir einen richtig feinen Gesprächsstoff. Alle versuchten natürlich, mich irgendwie aufzurichten und mir beizustehen, und alle Nase lang kam Hanne Brandt und brachte mir ein Stück Auflauf oder selbstgebacknen Kuchen und trank mit mir Kaffee und bemitleidete mich, und ich heulte zu ihrer Genugtuung prompt jedesmal los.

Da ich Kuchen und Aufläufe hasse, schmiß ich sie jedesmal heimlich in den Müll. Einmal ertappte sie mich dabei und war furchtbar beleidigt, und seitdem gibt es so Spannungen zwischen uns.

Anträge kriegte ich auch nicht zu knapp. Die Kerle wittern eine einsame Frau wie die Fliegen den alten Käse. Unter den Herren befand sich übrigens auch Hannes braver Gatte. Und Schilling mit den vielen Kindern – damals erst zwei, heute vier. Und natürlich Bauhöffer, zu der Zeit noch nicht Professor, sondern nur Dozent.

Aber ich hatte erst mal genug von den Männern und trauerte so für mich hin.

Dann gab es etwas, das mich von mir selbst ablenkte. Im Vorderhaus war eine Wohnung frei geworden, um die ich mich auch beworben hatte, denn da gab es ein Bad. Aber das Wohnungsamt wies einen Mann ein, der frisch aus dem Gefängnis entlassen worden war.

Das Haus stand kopf.

Ein Knastbruder als Mitbewohner, das wurde ja immer schöner! Und der kriegte eine der besten Wohnungen, zwei Zimmer, Innentoilette, Bad! Die Empörung schlug Blasen damals.

Eigentlich wollte man hingehen zum Wohnungsamt und sich beschweren. Aber nur eigentlich. Am Ende entschloß man sich zu der einfacheren Variante, den Neuen auf der Treppe nicht zu grüßen. Für wahr eine massive Demonstration.

11

Der Knastologe kam und stellte sich als dünner Mittfünfziger heraus, in Schlips und Kragen und grauem Anzug und mit nichts als einem Köfferchen aus Vulkanfiber. Er grüßte höflich, ohne mit Dank zu rechnen, und guckte keinen an.

Inzwischen hatte die unermüdliche Brandt, wer weiß aus welchen Quellen, Informationen über ihn eingezogen, die sie gern allen und jedem mitteilte: Dieser Frithjof Reiter war ein Diplomat gewesen! Irgendwo in Afrika hatte er als Botschafter gearbeitet. Und dann passierte es.

Was »es« war, das freilich wußte Hanne nicht so genau. Jedenfalls hatte die Exzellenz irgendwas geschmuggelt oder verschoben oder auch nur den Hehler gespielt. Hanne pendelte, je nach Zuhörer, zwischen Waffen, Rauschgift und Pornos hin und her. Bis es dann herauskam und die Justiz zuschlug. Jawohl.

Irgendwann ging mir das ganze Getue um den Kerl auf den Geist, dieses dumme Gerede und der Gruß-Boykott. Und so stiefelte ich eines Abends, als meine Jungens genauso vorm Fernseher saßen wie der Rest des Hauses, ins Vorderhaus und klingelte im dritten Stock links, und als mir schließlich zögernd aufgemacht wurde, sagte ich: »Guten Abend. Ich bin Marion Quade, Seitenhaus parterre, alleinstehend, zwei Kinder. Darf ich reinkommen?«

Ich war damals Anfang Vierzig, und ich sah nicht übel aus – also, wer so was Brünettes mag.

Karlheinz hatte sich immer scheckig gelacht über meinen Anflug von Damenbart, und ich hatte ihn, den Bart, damals immer mit Wasserstoffperoxyd gebleicht. Nun dachte ich nicht mehr dran und fand mich morgens vorm Spiegel wirklich apart mit den braunen Glusteraugen und dem Schatten über der Oberlippe und dem Leberfleck links neben dem Auge.

Na ja, er ließ mich also rein.

In der Wohnung gab es nichts.

Nichts, außer dem Gerümpel, das die Erben des verstorbenen Vormieters zurückgelassen hatten: ein paar klapprige Stühle, ein Sessel, aus dem das Polster heraushing, ein wackliger Küchentisch und eine fleckige Kastenmatratze auf der Erde. Damit lebte Frithjof Reiter, der ehemalige Botschafter in Kenia, den sie eingeknastet hatten, weil er, wie ich dann von ihm erfuhr, Gold im Diplomatengepäck hatte, ohne daß er wußte, wer es ihm hineingetan hatte.

Ich half ihm. Und er half mir.

Aber in aller Stille, um dem Haus nicht Stoff für den nächsten Skandalroman zu liefern. Und so ist es auch geblieben, über fast zwanzig Jahre hinweg. Wenn man den andern nötig hat, kann man zu ihm kommen.

Nun, an diesem Abend hatte ich das Gefühl, Frithjof nötig zu haben. Von meiner Wohnung aus konnte ich sein Küchenfenster sehen. Wir hatten uns in der ersten Zeit Zeichen von Fenster zu Fenster vereinbart – na ja, das ist lange her.

Ich ermahnte Canossa, hübsch aufzupassen, nahm meine Schlüssel, ging rüber und klingelte auf eine ganz bestimmte Art.

Frithjof öffnete. Er war bereits im Hausrock, einem Ding aus weinrotem Samt, über dem sich sein inzwischen ziemlich schütteres weißes Haar immer noch imponierend ausnahm. Er zog mich stumm durch die Tür und verschloß sie hinter mir, bevor er mich küßte.

Natürlich war die damals so kahle Bude inzwischen schön möbliert. Bücherregale, wohin man guckte und spuckte. Alte Möbel, aus Nachlässen aufgekauft, jede Menge Schallplatten und

CDs und eine kuschelige große Couch mit einer Decke, die ich ihm mal geschenkt habe. Ich hab ihm übrigens nie verraten, daß ich sie selbst gemacht hatte. Quilt nennt man das, glaube ich, so Flicken an Flicken gesetzt. Tip aus einer Familienzeitung.

Frithjof hatte eine wirklich angenehme Stimme, so samtig wie sein Hausrock. Als er sagte: »Na, meine Schwarzkastanie, möchtest du baden?«, da lief es mir doch tatsächlich den Rücken runter wie in alten Zeiten. Und aus den alten Zeiten stammte ja auch alles, der Mann inbegriffen. Die Anrede – ich heute und »Schwarzkastanie«, du liebe Güte! – und die Frage nach dem Baden, denn so hatte damals alles angefangen. Ich hatte nur eine Dusche und er 'ne Badewanne.

»Nee, Fitti«, sagte ich und machte mich zögernd aus seinen Armen los, er war so herrlich dünn, überhaupt kein Bauch. »Ich möchte eigentlich nur 'nen Mundvoll quatschen, wenn es geht.«

Das gehörte mit zu den Dingen, die ich an ihm mochte, daß er immer gleich bereit war, die Variante zu akzeptieren, die man vorschlug.

»Hast du Sorgen?« fragte er, während ich mich in seinen großen Sessel schmiß. »Soll ich dir einen schönen Tee machen?«

Gegen den schönen Tee hatte ich nichts – auch wenn ich wußte, daß ich nun den Nachtschlaf würde abschreiben können.

Und Fitti machte mir einen schönen Tee, Earl Grey mit Zitrone, und schon wie er das Kännchen und die Porzellanschale auf dem Tablett zurechtrückte, das wies ihn als Mann mit Stil aus.

Ich hab nun mal was übrig für Stil, auch wenn ich bloß Sekretärin gewesen bin.

Dann fing ich an und erzählte, und er hörte mir aufmerksam zu, schenkte in meine Tasse nach und tat Zucker dazu, denn er wußte ja, wie ich es gern mochte. Das allein war schon die halbe Miete, und eigentlich fühlte ich mich schon viel besser, einfach dadurch, daß ich mal alles loswerden konnte.

»Hm«, brummte er, nachdem ich die ganze Geschichte erzählt hatte, von den »Kaufversuchen« bei Jonas bis hin zum Überfall im Kohlenkeller. »Mit deinem Untermieter stimmt was nicht. Er verschweigt dir was.«

»Mehr«, sagte ich. »Ich bin überzeugt, daß er mir die Hucke voll schwindelt. Ich weiß bloß nicht, welche Teile von seiner Story nun Wahrheit und welche Dichtung sind, und vor allem, warum er das macht. Ich hab von ihm den Eindruck eines Menschen, der in der Klemme steckt. Du müßtest mal seine Augen sehen. Da guckt die ganze grüne Seele raus, und der geht's miserabel. Mir vorzuschlagen, Canossa wegzugehen! Er muß doch wissen, wie ich an ihr hänge!«

Frithjof hatte meine Hand in seine beiden Hände genommen – wohl auch, weil ich allzu temperamentvoll herumfuchtelte –, und nun liebkoste er sie und streichelte sie und küßte sanft ihre Innenfläche, daß mir ganz plümerant wurde.

»Tja. Das mit deinem Hundchen. Was da los ist, kann ich mir gar nicht erklären. Ich versteh nichts von Tieren. Vielleicht solltest du mal bei der Veterinärin vorsprechen, die dir ihre Karte gegeben hat – wie hieß die doch gleich?«

»Natalia«, sagte ich.«Und dann ein Doppelname. Was Russisches und was Jüdisches, wenn ich mich recht erinnere. Sowieso und Finkelschtejn.«

»Finkelschtejn?« Frithjof hörte auf, meine Hand zu liebkosen. »Also einen Finkelschtejn kannte ich, als ich im diplomatischen Dienst war. Der kam aus Weißrußland und ...«

Er brach ab.

»Ich hab eigentlich gar keine Lust, von den alten Zeiten zu reden«, sagte er knapp. »So sehr gut habe ich die nicht in Erinnerung. Und es geht ja auch um jetzt. Und um dich, Marion. Geh ruhig mal zu der jungen Frau Doktor, ob sie die Besonderheiten von Canossa erkennen kann. Und was den Jungen angeht: Sicher hat er Schwierigkeiten. Aber es sind ja eigentlich, um es brutal zu sagen, nicht deine Schwierigkeiten. Oder hast du irgendein Interesse an ihm?«

Er hatte den Kopf schief gelegt und sah mich forschend von der Seite an.

Ich lachte los.

»Aber Fitti! Das ist ein Knäblein! Und was bin ich?«

»Immer noch eine attraktive Person«, erwiderte Frithjof Reiter und beschäftigte sich etwas intensiver mit meiner Handfläche.

Und vielleicht hätten wir ja doch noch Badewasser eingelassen, wenn Frithjof nicht auf einmal den Kopf gehoben und gesagt hätte: »Ist das deine Hündin, die da bellt?«

Meine Ohren! Meine verdammten Ohren!

Ich sauste über den Flur in die Küche, wo das Fenster offenstand.

Jetzt hörte ich es natürlich. Canossa bellte, wild und aggressiv, und auf dem Hof machten sich offenbar irgendwelche Schemen an meiner Tür zu schaffen.

Ohne viele Worte griff ich mein Schlüsselbund vom Schuhschrank und rannte los, die Treppen runter. Unterwegs knöpfte ich mir die Bluse zu.

»Marion, bist du verrückt? Du bist allein!« rief mir mein Kavalier und Tröster nach.

Freilich, folgen tat er mir nicht. Aber erstens fiel mir das im Moment gar nicht auf, und zweitens sollte man von einem Menschen um die Siebzig vielleicht auch kein Heldentum verlangen.

Als ich durch den Hausflur bretterte, ging gerade die Beleuchtung aus. Während ich nach dem Schalter tastete, pfiff es. Ich wollte gerade die Tür zum Hof aufmachen, als sie aufflog und mir voll an den Kopf. Irgendwer drückte den Türflügel an die Wand und mich zwischen Wand und Türflügel. Ich schrie. Schritte tappten vorbei. Dann gab die Tür nach, und ich taumelte um die Ecke auf meinen Hof.

Canossa lärmte wie ein ganzer Zwinger voller Polizeihunde. Aber nicht, daß sich in diesem so neugierigen Haus auch nur das geringste regte.

Irgendwas war mit meinem Schloß nicht ganz in Ordnung, aber vielleicht war es nur, weil meine Hände zitterten. Ich kriegte es schließlich doch auf.

Dann schloß ich mein altes Mädchen in die Arme, und sie

schnaufte tief und verbarg ihre nasse Schnauze in meiner Halsgrube.

Frithjof beugte sich aus dem offenen Küchenfenster.

Damals hatten wir so ein System von Lichtzeichen entwickelt wie die zwei Königskinder übern See. Ich morste also mit meiner Tischlampe: Alles in Ordnung.

Soll ich rüberkommen? fragte er auf die gleiche Weise, und ich antwortete: Nein. Gute Nacht.

Erst als das Licht drüben in seiner Küche ausgegangen war, begab ich mich vor meinen Toilettenschrank, um den Schaden im Spiegel zu besehen.

Meine Nase war dick, und ich hatte eine Beule auf der Stirn, aber nichts Schlimmeres. Am meisten tat mir die Schulter weh. Offenbar hatte ich 'ne Art Quetschung durch den Schlenker mit der blöden Tür.

Na ja. Beides konnte man kühlen. Zum Schlafen würde ich ja, dank Frithjofs Tee, sowieso nicht kommen. Also setzte ich mich mit einer Schüssel kaltes Wasser und zwei Seifenlappen und zwei Frottétüchern vor den Fernseher, und Canossa bettete sich zu meinen Füßen. Dann glotzte ich auf das Geflimmer und machte mir meine Gedanken.

Merkwürdig, fand ich, Jonas Frohgemuth hatte die ganze Chose verschlafen. Vielleicht nahm er Ohropax. Und wer schläft, der sündigt bekanntlich nicht.

12

Eigentlich wollte ich gleich am nächsten Tag zu der Tierärztin gehen. Aber weil ich erst gegen Morgen eingeschlafen war, wurde es dann etwas später. Zum Glück bin ich ja mein eigner Boß, und außer den Bedürfnissen meiner Canossa treibt mich nichts aus dem Bett.

So hatte ich mich nach dem Gassigehen noch mal hingelegt, und als ich wieder aufwachte, war es schon Mittag.

Meine Schulter tat immer noch ganz schön weh. Das Horn auf der Stirn konnte ich mit einer schwungvoll frisierten Locke zudecken. Alles halb so wild, sagte ich mir.

Ich machte mir was zu essen und überlegte, ob ich nachmittags aufs Geratewohl in die Praxis marschieren sollte. Aber es war Mittwoch. Und mittwochs haben die meisten Ärzte, egal ob Vieh- oder Menschendoktoren, keine Sprechstunde.

Ja, wenn man ein Telefon hätte.

Aber im ganzen Hinter-, Vorder- und Seitenhaus waren mit dergleichen nur zwei Personen gesegnet: Op-Schwester Liane Freiberg, die jetzt unweigerlich in der Charité war, und natürlich Ex-Marxist und Super-Jogger Professor Bauhöffer. Und zu dem ging ich nicht so gern.

Daß der Münzer an der Ecke kaputt war, setzte ich voraus. Der war immer drei Tage in Ordnung und dann wieder drei

Wochen außer Betrieb. Er diente den Kids der benachbarten Häuser als Kleingeldspender, wenn sie an den Flipper wollten.

Frithjof Reiter meldete sich nicht.

Einerseits war das normal, weil die Kontakte nach ungeschriebenem Gesetz immer von mir angeknüpft wurden. Andererseits hätte nach den merkwürdigen und von ihm ja gar nicht voll eingesehenen Vorgängen der Nacht eine kleine Rückfrage nicht verkehrt gewirkt.

Daß ich von Jonas nichts sah noch hörte, bedarf ja wohl kaum der Erwähnung. Er war gleich früh in seine Hochschule oder wohin auch immer abgebraust.

Ein Glück, daß ich von den Männern im Leben nichts mehr erwarte.

13

Gerade hatte ich mich entschlossen, den Weg doch noch zu machen, auch wenn er ein Holzweg sein sollte, und legte Canossa das Halsband an, als ich an ihren aufgestellten Ohren und ihrem Knurren merkte, daß es geklingelt haben mußte. Während ich öffnen ging, dachte ich, daß hier irgendwann mal so eine Lichtanzeige her muß.

Vor der Tür stand, nett angemalt und fertig zum Ausgehen, Ricci, verlassene Deichfus, geschiedene Fischer, geborene Lehmborg – eben jene, die ich noch als Ulrikchen vom Buddelkasten her kenne – mit einer Postkarte in der Hand.

»Tachschön, Frau Quade«, lispelte sie und deutete einen Knicks an, was sie mit Ende Zwanzig auch nicht mehr nötig hatte, »ich soll Sie schön grüßen von Ihrem Sohn.«

»Von welchem?« fragte ich und stellte mich begriffsstutzig, um sie zu ärgern. Denn mit Dirk, meinem Ältesten, hatte sie nie was am Hut gehabt, und Dirk schrieb mir ja auch regelmäßig aus Neubrandenburg, wo er 'ne Kfz-Werkstatt hatte und glücklich verheiratet war – immer zu Weihnachten und aus dem Urlaub kriegte ich eine Karte, und zum Geburtstag war es sogar ein Brief mit dem neusten Foto der Enkelkinder. Gesehen hatte ich sie zuletzt 1989, als sie plötzlich und unerwartet zu fünft vor der Tür standen und Quartier wollten. Sie holten das Begrüßungsgeld aus Westberlin ab. – Aber das nur am Rande.

Torsten war ein ganz anderes Kaliber. Der war Außenhandelskaufmann geworden und beim ersten Exportauftrag ins NSW – zu deutsch: Nichtsozialistisches Währungssystem – gleich dageblieben im Westen. Jetzt schrieb er dann eben lieber mal eine Karte an Ricci statt an seine Mutter. Vorher hatte er Päckchen in die Zone geschickt, aber das war jetzt nicht mehr von der Steuer absetzbar.

Nachdem sie mir nun also vorgezwitschert hatte, daß es von Torsten war, fragte ich – und nannte sie mit Absicht immer ganz lieb Ulrikchen statt Ricci –, was er mir denn noch mitzuteilen hätte außer schönen Grüßen.

»Er kommt demnächst nach Berlin!« strahlte seine Briefpartnerin. Da ich keine Lust hatte, meine Ohren weiter auf dieses Gezirpe zu programmieren, nahm ich ihr kurz entschlossen die Postkarte aus der Hand.

Die war schön protzig und bunt, und in der kleinen, akkuraten Außenhandelskaufmannsschrift stand da drauf, daß die liebe Ricci doch bitte der Mom ausrichten solle, er käme nach Berlin zurück. Und Gruß und Kuß. Aus. Alles.

»Na, prost Mahlzeit«, sagte ich und gab ihr den Wisch zurück. »Das hätte er mir ja auch selber schreiben können. Und wenn er denkt, er kann hier wohnen, hat er sich geschnitten. Ich bin komplett.

Was heißt das überhaupt: nach Berlin zurück? Für immer oder was? Paßt es ihm nicht mehr in Düsseldorf? Ich dachte, er hätte da so 'n Bombenjob?«

Aber auf all diese Fragen hatte Ricci-Ulrikchen auch nur ein Schulterzucken parat und sah mich mit Riesenkulleraugen an. Gucken konnte sie schon immer, auch als Kind, wenn sie was ausgefressen hatte mit Torsten. Glubscher wie Knupperkirschen. Auch sonst rundum proper. Bloß die Kleinmädchentour mit Knicks und Piepsstimme und der Haarschleife am Pferdeschwanz, so, wie sie immer noch rumlief, das wirkte bei ihren kräftigen Endzwanzigern ein bißchen abgestanden. Wurde Zeit, daß sie sich mal ein neues Outfit zulegte, die Ricci Deichfus.

Aber immerhin, mein weitläufiger Sohn schrieb ihr Postkarten.

14

Ich ging dann doch nicht mehr zur Ärztin.

Die dahingezwitscherte Botschaft nebst Postkarte hatten mich irritiert.

Zugegeben, daß ich zu meinem Sohn Torsten nicht die allerinnigste Beziehung hatte. Zu meinem Sohn Dirk übrigens auch nicht. Aber ein bißchen mehr als eine Mitteilung über wen Fremdes hatte ich schon erwartet. Das wurmte mich denn doch.

Außerdem: »Mom«! Wie kam er darauf, mich »Mom« zu nennen! So ein oller Angeber.

Andererseits: Vielleicht war Ulrike Deichfus für ihn gar nicht »wer Fremdes«. Ich hatte doch keine Ahnung, welche Beziehung die beiden zueinander hatten oder haben. Die Zeiten, wo meine Bengels mir abends im Bett ihre Wehwehchen anvertrauten – tja, Marion Quade, die sind nun mal lange vorbei.

Mein einziger Trost war, daß für Ulrikchen ja eigentlich gar nichts auf der Karte gestanden hatte. Wirklich komisch.

Ich streichelte meine Canossa und kam mir überflüssig vor. Was ich ja bestimmt auch bin. Aber mir ist es lieber, wenn ich es nicht so merke.

Um mich vom Trübsalblasen abzulenken, entschloß ich mich, mit Canossa noch eine Runde ums Viertel zu machen.

Im Durchgang Vorderhaus standen mal wieder zwei Penner rum, Bierbüchse in der einen Hand, Zigarette in der andern.

Ich ärgerte mich.

»Das ist hier keine Stehbierhalle, meine Herren!« raunzte ich sie an.

»Nu mal friedlich, Muttchen«, nuschelte der eine, so ein Typ in Lederjacke und abgeschabter Pelzmütze. »Wir wollen hier bloß in Ruhe gepflegt unser Bierchen trinken, denn verschwinden wir wieder!«

»Ja, und vorher pißt ihr die Ecken voll. Das kenne ich!«

Nun wurde der Kerl unangenehm.

»Paß bloß uff, daß de nich 'n Schwinger fängst, Olle!«

Der andere, dürr wie ein Besenstiel in seinem Jeansanzug, der vor Dreck allein stand, kriegte überhaupt nichts mit und wollte meine Canossa mit »Miez, Miez!« anmachen.

Aber so was fand sie gar nicht gut.

Ich spürte es an der Leine, wie es in ihrer Kehle grollte. Ich mußte nur ganz leise »Canossa, paß auf!« sagen, da brach es auch schon aus ihr hervor, wirklich imponierend. Sie tobte, daß es eine Art hatte. Ich hing nur so an der Leine.

Die beiden waren sicher schneller draußen, als sie reingekommen waren. Das letzte, was ich hörte, war: »Verfluchter Köter, dir zahl ich's heim!« Dann klappte die Tür.

Ich wartete, bis sie ein Stück weg waren, ehe ich zu meinem Gang ansetzte, damit sich Canossa beruhigen konnte.

Sanft wie ein Lamm ging sie neben mir her und guckte von Zeit zu Zeit zu mir auf, als wenn sie mich fragen wollte, ob sie alles richtig machte. Meine Schöne! Auf sie war Verlaß.

Aber aufpassen mußte man auf sie. Vor einem Geschäft band ich sie lieber nicht an. Denn so imponierend sie aussah – wer den Punkt kannte, in dem sie sterblich war, konnte sie auch von mir weglocken. Eine einfache Leberwurststulle würde leider schon genügen.

Ich gab der dunkeläugigen Bettlerin mit dem Kind an unserer Ecke die Mark, die sie meist von mir kriegte – natürlich wußte ich, daß sie alles beim Boß abliefert, na und? – und wollte gerade auf den Alex einbiegen, um den Hütchenspielern ein bißchen beim Bauernfang zuzugucken, als meine kluge Hündin die Ohren anlegte, sich schmal machte und trotz ihres lahmen Beins elegant zu schleichen begann – und in welchem Tempo! Ich hing buchstäblich an ihr dran.

Was hat sie denn nun wieder? dachte ich und folgte ihr frei nach dem schönen Goethewort: »halb zog sie ihn, halb sank er hin« – oder war das Schiller?

Sie zerrte mich so scharf um die Ecke, daß ich das Gleichgewicht verlor. Die Leine rutschte mir aus der Hand, ich schlug lang hin, und als ich aufstand, konnte ich meinen Hund zwar nicht sehen, aber zum Glück hat Canossa, wenn sie richtig kräftig bellt, so 'ne laute Stimme, daß selbst ich das höre.

Also stand ich da, klopfte mir den Dreck vom Mantel und ihr nach.

Meine Hündin stand vor einem seriös aussehenden Herrn, Typ Banker – schwarzer Ulster, Handschuhe, Aktenkoffer. Der Herr lehnte an der Wand und hatte die Hände erhoben, aber etwas behindert durch diesen Koffer, der von seinem Handgelenk runterbaumelte. Jetzt kriegte ich erst mit, daß er mit so 'ner Art Handschelle am Gelenk festgemacht war.

Und Canossa bellte den Koffer an.

Den Koffer, nicht den Kerl.

»Sie müssen schon entschuldigen«, sagte ich und fischte nach der Leine. »Sie macht so was sonst nicht. Platz, Canossa! Aus!«

Mein Hund setzte sich gehorsam hin und hörte auf zu bellen, aber der Blick, den sie mir zuwarf, zeugte von grenzenlosem Unverständnis. Sie guckte wirklich, als wenn ich ihr zugemutet hätte, ihre Futterschüssel unberührt zu lassen, nachdem ich sie gerade gefüllt hatte.

Und genauso verständnislos guckte der Mann. Er ließ ganz langsam die Arme sinken, auch den mit dem festgeschmiedeten Koffer, und sah immer von mir zu dem Hund und von dem Hund zu mir.

»Ich weiß auch nicht, was in sie gefahren ist«, fuhr ich fort, mich zu entschuldigen. »Sie hat sonst nicht solche Aussetzer.«

Der Mann nickte verstört, und ich sah, daß seine Lippen zitterten.

»Also darf ich gehen?« stammelte er.

»Ja, wenn Sie gehen wollen, natürlich«, entgegnete ich verlegen. »Oder wollen wir auf den Schreck einen heben? Ich lade Sie ein!«

Er schüttelte den Kopf, und in seinen Augen stand fassungsloses Staunen.

Dann wanderte sein Blick von mir weg über meine Schulter und wurde starr.

Ich drehte mich um.

Da war überhaupt nichts Ungewöhnliches. Nur normale Passanten. Einer davon ging auf uns zu, ein breiter, behäbiger Zeitgenosse in relativ auffälliger Montur: zimtfarbener langer Mantel, dazu passender Hut. Künstler, tippte ich, und da dieser etwas schwankte: besoffener Künstler.

Hinter mir hörte ich es trappeln.

Der Herr mit dem stark befestigten Köfferchen rannte davon. Ich wußte gar nicht, daß so seriöse Herren derartig flitzen können.

Der Künstlertyp schwankte weiter auf mich zu. Canossa begann erneut zu knurren. Und als er dicht vor mir war, sah ich seine Augen. Er guckte alles andere als besoffen.

Er hielt mir seine Armbanduhr vor die Nase, tippte darauf und zischte irgendwas. Dann verschwand auch er um die Ecke, wie vom Winde verweht.

Offenbar hatte er sich mit mir zu einem bestimmten Zeitpunkt an einem bestimmten Ort verabreden wollen. Aus lauter Neugier wäre ich ja wahrscheinlich sogar hingegangen. Bloß, der Knabe hatte bei seiner Verabredung nicht mit meinen Ohren gerechnet.

Ich hatte kein Wort verstanden.

15

Ziemlich echauffiert von dem ganzen Kram, kam ich zu Hause an.

Jonas' Klarinette hörte ich schon im Flur. Er hatte die Tür zu seinem Zimmer nur angelehnt. Offenbar hatte er sein Übungspiel wieder von der S-Bahn Oranienburger wegverlegt. Es zog da auch zu sehr, trotz der Einnahmen. Aber er spielte viel besser als sonst.

Ich klopfte leise, wollte ja nur mal »Tag« sagen. Er schien so versunken, daß er mich gar nicht hörte.

Vorsichtig, um ihn nicht zu stören, schob ich die Tür auf.

Ja, Pustekuchen!

Die Klarinette meines kleinen Jonas' lag unberührt auf dem Couchtisch. Da lief ein Tonband, während der Held mit dem Pflaster über dem Auge, lässig hingebrezelt auf 'm Sessel, mit so einem neumodischen Telefon rumhantierte, praktische Dinger, die aber so sündhaft viel Geld kosten.

Aber das war nicht das schärfste.

Ihm gegenüber saß jemand, der in den zwanzig Jahren unserer Bekanntschaft niemals meine Wohnung betreten hatte, jemand, den ich stets nur heimlich besucht und kaum je außer Haus gesehen hatte.

Es war fast wie ein Märchen: Im Zimmer meines Untermieters Jonas Frohgemuth, Musikstudent, saß Ex-Diplomat Frithjof Reiter – oder Ex-Knastologe, wie man wollte –, drehte mir den Rücken zu und kritzelte irgendwas auf Papier.

Die Musik war selbst für deren Ohren zu laut. Sie merkten nicht, daß ich hereingekommen war, und das war prima. So konnte ich das Zimmer wieder verlassen und erst mal zu mir gehen. Machte die Tür hinter mir und Canossa zu und kein Licht an und fühlte mich so beschissen wie selten in meinem Leben. Fast so wie damals, als mich Karlheinz verlassen hatte.

Warum ging ich dumme Pute nicht hin, klopfte noch mal lauter und sagte dann: Hallo, hier bin ich, na so eine Überraschung, was treibt ihr denn hier, grüß dich Fitti oder so was...

Schließlich hatten sie die Tür ja angelehnt gelassen. Es war doch gar nicht raus, daß sie die Musik gemacht hatten, um mich glauben zu lassen, Jonas würde üben. Vielleicht hätte ich reingehen *sollen*. Vielleicht warteten sie sogar auf mich.

Aber statt mich aufzuraffen, drückte ich meine Nase in Canossas Fell und kniff die Augen ganz fest zu. Sonst hätte ich möglicherweise geheult.

16

Das ganze Tablettengelumpe verabscheue ich. Es ist überhaupt ein Wunder, daß ich in meinem Nachttischkästchen noch ein Beruhigungsmittel fand, auf rein pflanzlicher Basis, versteht sich. Daß das Zeug total überaltert war, kümmerte mich wenig.

Weil ich selten bis nie was einnehme, wirkte es denn auch wie ein Hammer und ich schlief, bis es draußen hell war und Canossa mir ihre nasse Nase ins Bett schob, um mir mitzuteilen, daß sie nun endlich mal raus müßte.

Von Jonas wieder mal keine Spur. Auch von seiner Klarinette nicht. Und nicht von diesem komischen Telefon. Ich konnte es mir nicht verkneifen nachzugucken.

Ich nahm meinen Hund an die Leine und beschloß, zuerst zur Tierärztin zu gehen.

Vorm Haus mußte mich natürlich ausgerechnet die Brandt abfangen.

»Ha'm Sie heute schon Zeitung gelesen?« war ihr erstes, noch vorm »Guten Morgen«.

Nun sollte sie eigentlich wissen, wo sie alles weiß, daß ich meine Zeitung gleich nach der Wende abbestellt hatte, weil – wie sagt man doch so schön? – mir das Preis-Leistungsverhältnis angesichts meiner jetzigen Miete unstimmig schien. Aber die Frage war ja wohl auch mehr als Schleusenöffner gedacht. Ich brauchte bloß noch erwartungsgemäß den Kopf zu schütteln, und es ging los.

»Auf dem Alex hat es gestern Abend 'ne Schießerei gegeben!«

»Und? Tote?« fragte ich lakonisch, während sich Canossa unter den mißbilligenden Blicken von Frau Brandt auf den Bürgersteig hockte und diesen befeuchtete; sie wußte inzwischen, daß wir nie und nimmer rechtzeitig den Park erreichen würden, wenn diese liebe Nachbarin uns ein Gespräch aufdrängte.

»Stellen Sie sich vor! Einen Drogendealer hat's erwischt!« verkündete Hanne mit leuchtenden Augen. »Hatte jede Menge Heroin in einem Aktenköfferchen bei sich!«

»Und das Aktenköfferchen war am Handgelenk festgemacht?« startete ich ahnungsvoll einen Versuchsballon.

Sie sah mich beleidigt an. »Wenn Sie es schon wissen, warum lassen Sie es mich da erzählen?«

Ich fragte sie noch nach der Zeit. Alles stimmte. Wir mußten gerade so weggewesen sein. Schüsse hätte ich ja nun wirklich nur aus allernächster Nähe gehört.

Während wir weitergingen, dämmerte mir langsam ein bißchen was über die Vergangenheit meiner Canossa. Obwohl ich mir auf die meisten Sachen trotzdem keinen Reim machen konnte.

Als ich das Wartezimmer von Frau Doktor Schtakowa-Finkelschtejn betrat, hätte ich am liebsten wieder auf dem Absatz kehrtgemacht.

Was da saß, entsprach so wenig meinen Erwartungen von Veterinär-Vorzimmern, daß ich dachte, ich hätte mich verirrt. Keine Tantchen mit Pudeln und Opis mit Papageien. Statt dessen eine in tierischer und menschlicher Hinsicht recht ungewöhnliche Versammlung.

Ich nahm erst mal Platz und versuchte, mich zu orientieren.

Im Gegensatz zu dem alten verschlissenen Mobiliar bei Petersen, made in GDR, gab es hier hochmoderne Stahlstühle und Glastische in Richtung Ligne rosé, und die Wände waren weiß gestrichen, statt mit bunter Mustertapete versaut.

Ich besah mir das Viehzeug: soweit ich mich da auskenne, ein Mastiff, ein Bullterrier, ein Boxer und alle mit irgendwelchen Verbänden wie Soldaten nach der Schlacht. Ein großer, heller Schäferhund mit geschienter Vorderpfote und überdimensionalem Drahtbeißkorb, ein Kaukase, bei dem ein Auge nicht mehr an dem richtigen Platz saß.

Kein Kätzchen, kein Vogel, keine Schildkröte. Nur dieses Sortiment von Raufern mit Biß- oder Was-weiß-ich-Verletzungen.

Versteht sich, daß sich die ganze kämpfende Truppe musterhaft still verhielt und nicht wagte, gegeneinander zu mosern. Aber das ist normal fürs Tierarzt-Wartezimmer. Die Angst vor dem Op-Tisch da drin überwiegt allemal die schönsten Aggressionen.

Nun ließ ich meinen Blick eine Etage höher schweifen. Nur Herren im Raum, bis auf ein Pärchen – die Besitzer des Kaukasen –, das eng aneinandergeschmiegt in der Ecke saß und knutschte.

Die Herren entsprachen weitgehend dem Erwartungsanspruch, den man an die Herrchen von solchen Hunden stellt: Lederjacke, knallenge Jeans und Cowboystiefel. Der Rest war gutbürgerlich gepflegt.

Übrigens mußte ich feststellen, daß man meiner Canossa anerkennende und respektvolle Blicke zuwarf und auch ihr Frauchen, also mich, mit strahlendem Lächeln willkommen hieß, ja, einer nickte mir sogar zu.

Solche netten Leute. Zwei der Herrschaften – Boxer und Mastiff – traten sogar in einen regen geflüsterten Meinungsaustausch über uns, wie ich an ihren Blicken merkte. Ansonsten hätten sie meinethalben nicht flüstern müssen.

Durch die allgemeine Aufmerksamkeit motiviert, ließ jetzt auch das Pärchen vom Schmusen ab und guckte zu mir. Das Mädchen, Schneiderkostüm, schickes Halstuch, Pumps mit hohen Metallabsätzen, lächelte mir schüchtern zu und grüßte.

Ich brauchte einen Moment, bis ich mitkriegte, daß da im Arm ihres Mackers und Zuhälters meine Silvie von der Ecke saß, die mit den unwahrscheinlich langen Beinen in den Stiefeln, der Lederjacke und der blonden Haarlawine zu den sehr dunklen Augen.

Indes tat sich die Tür auf, und die kleine Frau Doktor mit den aufgesteckten Haarflechten erschien.

Hinter ihr ein Mädchen mit verwuseltem grün-weiß-meliertem Haarschopf, bis zu zehn Silberringen im Nasenflügel und Ohrläppchen und speckigen zerfetzten Jeans unterm offenen weißen Kittel – offenbar die Sprechstundenhilfe.

»Och, och, och«, sagte Natalia in ihrer netten harten Diktion, »wen haben wir denn hier alles.«

Sie sah in die Runde und entdeckte mich, das heißt, sie entdeckte Canossa und erkannte sie wieder. »Alter Hund auf drei Beinen! Eine neue Patientin!« Und zu dem bunten Vögelchen an ihrer Seite: »Bereite bitte eine neue Karteikarte vor, Claudia.«

Dann wandte sie sich an die anderen: »Meine Herrschaften, bei Ihnen allen dauert es ja länger. Haben Sie etwas dagegen, wenn ich diese beiden Damen zuerst hereinbitte?«

Bei Doktor Petersen hätte dergleichen einen Sturm der Entrüstung hervorgerufen, obwohl die Leutchen da alle mehr Zeit als Geld hatten. Hier stieß ihr Vorschlag auf geradezu überschwengliches Verständnis. Alles strahlte und nickte eifrig.

Ich begriff gar nichts mehr. Aber das ging mir ja schon seit ein paar Tagen so.

17

Daß meine Hündin für ihr Alter hervorragend in Schuß war, das wußte ich schließlich schon von Doktor Petersen.

Als es nun aber um die Vorgeschichte ging, die sogenannte Anamnese, da konnte ich wieder nur mit den Schultern zucken.

»Wissen tu ich gar nichts, Frau Doktor«, sagte ich. »Aber ich habe so ein paar Vermutungen.«

Und dann erzählte ich ihr so dies und das, von den Angeboten an Jonas und von dem Mann mit dem Aktenkoffer, für den sich Canossa so interessiert hatte, und was ich über den Inhalt erfahren hatte. Die kleine Doktorin hörte aufmerksam zu.

»Es scheint sicher, daß Ihre Hündin früher beim Rauschgiftdezernat gearbeitet hat«, sagte sie in ihrem hübschen, gewählten Deutsch. »Aber davon gibt es doch einige. Warum man sich so für sie interessiert, das kann man gar nicht sagen. Aber die Sache macht mich neugierig. Vielleicht kann ich meine Kundschaft ein bißchen ausfragen. Wenn ich etwas erfahre, sage ich es Ihnen.«

»Sie haben 'ne sehr spezielle Kundschaft«, konnte ich mir nicht verkneifen zu bemerken.

Die Tierärztin lachte, und auf ihrem runden Gesicht erschienen zwei Grübchen, was sie noch mehr wie ein kleines Mädchen aussehen ließ.

»Speziell – das haben Sie hübsch gesagt, Frau Quade. Ja, das hat alles seine Gründe. Aber vielleicht muß ich die heute nicht darlegen. Kommen Sie bitte in drei Tagen wieder. Kann sein, da weiß ich mehr. – Claudia, du bist unmöglich!«

Letzterer Ausruf bezog sich auf die junge Sprechstundenhilfe, die neben Canossa auf der Erde hockte und sie am Bauch krabbelte, und meine zurückhaltende Dame räkelte sich vor dieser Göre rum, daß ich fast eifersüchtig wurde.

»Canossa ist unmöglich!« sagte ich.

»Beide.« Sie lächelte mir zu. »Claudia ist durch alle Prüfungen gefallen als Tierarzthelferin. Aber mit Tieren hat sie immer Liebe auf ersten Blick. Darum ist sie bei mir.«

Ich bedankte mich.

Und beim Hinausgehen hatte ich so eine Eingebung. Ich fragte: »Kennen Sie einen gewissen Frithjof Reiter?«

Ihr Gesicht wurde ernst.

»Sie kennen ihn? Ja?« fragte sie zurück.

»Er ist ein guter Freund von mir.«

»Ich habe eine gewisse Erinnerung an ihn. Aber da war ich ein Kind.«

Sie sah mich zweifelnd an. Und dann passierte es mal wieder. Sie sagte irgendwas Bedeutendes, in dem das Wort »vorsichtig« vorkam. Aber ob sie gesagt hatte: »Seien Sie vorsichtig!« oder »Bleiben Sie vorsichtig!« oder »Reiter ist vorsichtig!«, das registrierten meine Ohren leider nicht. Alles war drin. Und ich mal wieder bescheuert genug, nicht nachzufragen, weil ich mich genierte.

Die Konsultation hatte bestimmt über zwanzig Minuten gedauert. Von wegen schnelle Neuaufnahme. Ich erwartete, daß mich die Herrchen im Wartezimmer nebst den Patienten zerfleischen würden. Aber kein Stück.

Weiterhin reines Wohlwollen. Man lächelte uns zu, als wenn wir die Lottozahlen verkünden wollten und alle rechneten mit 'nem Fünfer.

Die kleine Frau Doktor schickte mir noch eine Botschaft nach: »Passen Sie gut auf Ihren Hund auf, Frau Quade!«

Die war laut genug. Aber unnötig, denn das tat ich ja sowieso.

18

Bei uns vorm Haus stand ein Bullentaxi. Und natürlich Hanne Brandt plus Gefolgschaft.

Wenn das nichts war! Innerhalb von zwei Tagen zweimal die Polizei im Haus! Was Kriminalität anging, schienen wir zur ersten Adresse in der Straße aufzurücken.

Im Flur war Blut. Eine Messerstecherei, erfuhr ich. Zwei vollgedröhnte Spritbrüder waren aufeinander losgegangen, und als Professor Bauhöffer, der zufällig hinzukam, versucht hatte, sie zu trennen, hätten sie ihm auch einen Stich versetzt.

Ausgerechnet Bauhöffer! Man kam aus dem Staunen nicht heraus.

Der Herr Ex-Dozent, so erfuhr ich, hatte sich in die Charité fahren lassen, die beiden Suffis waren hingebracht worden. Ich fand den Unterschied sehr fein.

Aus wessen Adern die Blutlache im Flur stammte, war nicht rauszukriegen. Auch nicht, warum sich keiner bemüßigt fühlte, sie wegzuwischen. Als Beweismaterial für die Polizei kam sie ja wohl kaum in Betracht.

Also holte ich Scheuereimer und Wischlappen. Irgendwer mußte es ja machen.

Die Herren von der Polizei schrieben nur noch im Wagen ihre Papierchen voll. Solche kleine Messersache, das gab's doch alle

Tage. Bagatelle. Nur dazu angetan, Leute wie Hanne Brandt zu unterhalten, falls ihr reality-tv zu öde wurde.

Während ich meinen Eimer in den Gulli auskippte, fuhr der alte gelbe Post-Trabbi vor, der immer noch im Dienst war.

Der Bote eilte auf den Hof, und als ich zu meiner Tür ging, war er gerade am Umkehren.

»Frau Quade? Telegramm für Sie!«

Sehr komisch. Wer sollte mir schon ein Telegramm schicken?

Es war aber von meinem Sohn Torsten.

Inhalt: Erwarte Dich heute achtzehn Uhr Lounge Radisson Plaza Hotel.

Na fein. Wirklich fein. Wirklich stilvoll.

Einen Moment war ich so wütend, daß ich nicht hingehen wollte. Konnte der Schnösel nicht vorbeikommen bei seiner Mutter? Abgesehen davon, daß ich gar nicht richtig wußte, was die Lounge ist, ich vermutete aber, so was wie die Hallenbar.

Da stand ich, in einer Hand mein Putzeimerchen, in der anderen das Telegramm mit der Einladung, und entschloß mich, alles mehr witzig als ärgerlich zu finden.

Gut, sollte er seine Mama haben im Hotel, wenn er wollte. Er konnte kaum erwarten, daß ich mich deshalb anders gab, als ich war.

Und dann klingelte es gleich noch mal – ich war immer noch im Flur und hatte daher keine Schwierigkeiten, es zu hören –, und die zweite Überraschung kam ins Haus: ein Riesenstrauß blaßgelbe Rosen, mindestens zwanzig oder mehr. Und nichts dazu, kein Kärtchen, keine Botschaft. Nichts. Der Absender, so formulierte der nette Junge, dem ich das Zeug quittieren mußte, wollte ungenannt bleiben.

Gelbe Rosen. So was hatte ich zeit meines Lebens nicht gekriegt.

Frithjof? Na, dem wäre das dann wohl schon eher eingefallen in den ganzen zwanzig Jahren. Also Torsten? Blieb eigentlich nur Torsten. Der Junge mußte spinnen.

Na, ich konnte ihn ja nachher fragen.

Ich fing an zu zählen. Es waren dreißig. Nun hätte ich bestimmt alle an den Stielen anschneiden müssen und die unteren Blätter entfernen und sie dann in warmes Wasser tun. Hätte ich auch gemacht, wenn es eine gewesen wäre. Oder fünf oder sieben. Aber dreißig? Nee.

Außerdem hatte ich gar keine Vase in den Dimensionen.

Telegramm, Rosenstrauß, Scheuereimer.

Es gab gar keine andere Lösung. Ich füllte den Eimer, mit dem ich eben noch das Blut aus dem Flur gewischt hatte, mit frischem Wasser und stellte die Rosen hinein. Das Telegramm warf ich in den Papierkorb. Die Verabredung hatte ich ja im Kopf.

Dann gab ich Canossa zu fressen und legte mich zu einem kleinen Mittagsschlaf hin, der sich allerdings ausdehnte. Als ich aufwachte, war es schon dämmrig.

Höchste Zeit, mich fürs Radisson Plaza fertigzumachen.

Falls ich vorher wirklich noch bereit gewesen wäre, einen Gedanken auf mein Äußeres zu verschwenden: jetzt war es ohnehin zu spät.

Hastig steckte ich mir die Haare zusammen, vertauschte die Hausschuh gegen Slipper, zog mal eben die Lippen nach und warf mich in den besseren Mantel.

Einen Augenblick zögerte ich, ob ich Canossa zu Haus lassen sollte. Aber wer mich haben wollte, mußte auch meinen Hund nehmen.

Hoffentlich gab es in der albernen Lounge auch was zu essen. Ich hatte Mittag übergangen und tüchtigen Hunger.

Der Hof lag dunkel, wenn auch nicht still. Selbst ich hörte den Krawall, den Oliver Kempowskis leistungsstarke Anlage veranstaltete.

In Frithjof Reiters Küchenfenster kein Lichtschimmer, ganz zu schweigen von irgendeinem Hinweis für mich. Seltsam. Sehr seltsam.

Dann spürte ich an der Leine, daß Canossa knurrte, ganz tief aus der Kehle heraus.

Irgendwer löste sich schattenhaft zwischen Mülltonnen und

Birke, trat auf mich zu und murmelte etwas, was vielleicht »Das ist für Sie« heißen konnte. Mein Herz machte einen Sprung.

Direkt vor Canossas Nase fiel etwas Eckiges, Helles in den Dreck. Die dunkle Figur enteilte.

Natürlich bückte ich mich. Ich war viel zu neugierig. Es war einfach ein großer dicker Umschlag, knisternd, unbeschriftet.

»Eine Briefbombe wird's ja wohl nicht sein, die schickt man mit der Post«, murmelte ich, um mir Mut zu machen. Ich wußte gar nicht, ob ich mit mir selber redete oder mit Canossa. Ich mußte ziemlich laut gegen das Klopfen meines Herzens anreden, das mir in den Ohren dröhnte.

Ein Gutes hatte dieser merkwürdige Zwischenfall: Ich war jetzt nicht mehr aufgeregt, weil ich nach so langer Zeit meinen Sohn wiedersah, sondern, weil dieses blöde Kuvert in meiner Tasche steckte. Oder sagen wir mal so: Die eine Aufregung überlagerte nun die andere.

19

Ich kannte den Kasten, als er noch Palast-Hotel hieß. Im Hotel-Restaurant gab's Service nur »gegen Währung«, wie das damals hieß, aber im Café unten saß die Sorte Mädchen, die jetzt an der Oranienburger steht, übrigens im trauten Verein mit Diplomaten, Künstlern, Neureichen, Touristen und Omis wie mir, die sich mal 'ne Tasse Kaffee in Atmosphäre leisten wollten. Damals konnte man sich so was ja leisten. Und einmal hatte mich Frithjof Reiter ins »Jade« ausgeführt, das war sündhaft teuer gewesen und für mich der Inbegriff der Exotik. Inzwischen weiß ich, daß jeder Eck-Chinese so was dreimal besser macht als die damals.

Jetzt haben sie den Laden natürlich tierisch aufgemotzt. Aber sie nehmen auch hin, daß jemand wie ich mit seinem hinkenden Hund die Treppe hochklabastert, ohne gleich nach der Lizenz fürs Betteln und Hausieren zu fragen.

Meine beiden Söhne sind nicht nur charakterlich grundverschieden, sondern auch nach dem Äußeren. Hübsche Kerle beide. Aber während Dirk mehr nach meinem Mann kommt, ist Torsten mir nachgeschlagen: brünetter Typ. Schon nach zwei Sonnenstrahlen im März sieht er aus wie andere nicht nach vier Wochen Karibik.

So war es nicht verwunderlich, daß er jetzt aussah wie ein Bilderbuchpolitiker, gebräunt, getrimmt, fit und flott. Saß da in einem lässigen Cashmere-Pullover und in Nobeljeans und nuckelte an irgendeinem Longdrink. Als er mich in die Arme schloß, war ich im dezenten Duft eines After-shaves, das bestimmt mindestens, wenn nicht noch mehr gekostet hatte, sonst würde es mehr stinken. Mein Sohn roch typisch Wessi. War er ja auch.

Gott sei Dank sagte er gleich so was Merkwürdiges, daß irgendwelche Rührung, falls sie dagewesen wäre, gar nicht durchkommen konnte. Er sagte nämlich: »Jetzt bin ich ja da, Mom. Jetzt kommt alles in Ordnung.«

Daß ich mit dem Hund aufgekreuzt war, schien nicht zu überraschen. Aber er hatte auch keinen lieben Blick für meine olle Schöne. Dabei war er als Kind ein ausgesprochener Hundenarr gewesen, und als damals unser Collie eingeschläfert werden mußte, war er richtiggehend krank.

»Das ist Canossa«, sagte ich herausfordernd. »Sag ihr mal guten Tag!«

»Ja, das ist also Canossa«, erwiderte er, als wäre ihm das seit Beginn der Schöpfung klar. »Ein interessantes Tier. Komm, setz dich, Mom. Darf ich dir einen Drink bringen lassen?«

»Du darfst mir was zu essen bringen lassen«, entgegnete ich und versank so ungünstig in dem supertiefen Sessel, daß man mir bestimmt bis auf die Unterwäsche hätte gucken können. Zum Glück trug ich Hosen. »Und Champagner«, fügte ich hinzu. Keine Ahnung, ob ich den vertrug. Außerdem ahnte ich schon, als er das Essen bestellte, daß ich wahrscheinlich keinen Bissen runterkriegen würde. Der olle Umschlag in meiner Handtasche wirkte wie ein Bleigewicht auf meinem Magen.

Während ich lustlos auf einem Steak mit Ananas rumkaute – am liebsten hätte ich gleich alles an Canossa weitergegeben, die lag schon mit gespitzten Ohren da –, plauderte mein Sohn, wie der Wasserfall plätschert. Wahrscheinlich redet er so immer auf seine Geschäftsfreunde ein. Und von Geschäften handelte auch jeder zweite Satz, den er von sich gab.

Geschäfte hatten ihn nach Berlin gebracht. Geschäfte nähmen ihn meist bis spät in die Nacht in Anspruch. Geschäftsleute hätten ihm vorgeschlagen, sich in diesem Hotel einzuquartieren.

Es bedarf wohl kaum der Erwähnung, daß neben seinem Drink so ein schnurloses Telefon lag und noch irgendein Spielzeug, von dem ich nichts verstand.

Mit meinem Steak ging es nur langsam voran. In einem unbewachten Augenblick schob ich Canossa einfach den Rest unter den Tisch. So was inhalierte sie praktisch, ohne zu kauen.

Aber der Champagner, das muß ich sagen, der Champagner schmeckte mir.

»Was für Geschäfte machst du eigentlich?« warf ich ein, als eine Pause in Torstens Redefluß mir die Gelegenheit dazu gab.

Er lächelte gewinnend.

»Immer noch Export-Import«, sagte er weltmännisch. »Viel Ostkontakte.«

Nun wußte ich es ganz genau.

»Warum hast du eigentlich nicht direkt an mich geschrieben, daß du kommst? Warum muß ich das denn von Ulrikchen erfahren?« fragte ich provokativ.

Mein Sohn sah mich durchdringend an.

»Einfach eine Frage der Sicherheit«, sprüchelte er weise.

Eine dämlichere Antwort hatte ich noch nie gehört.

»Ich dachte, du bist Kaufmann?« bemerkte ich. »Aber du scheinst beim Geheimdienst zu arbeiten. Abgesehen davon, daß ich wirklich nicht weiß, warum es bei mir unsicher ist und bei Ricci Deichfus sicher.«

Schon als Kind hatte er die Eigenschaft gehabt: Das, was er nicht hören wollte, hörte er einfach nicht. Er schmunzelte abwesend, drückte ein paar Zahlen auf seinem Telefon, traf irgendeine Verabredung, während seine Mutter hier saß bei ihrem Champagner und vor Ärger und Neugier fast platzte.

Als er aufgelegt hatte, sagte er: »So, Mom. Und jetzt zu dir. Du hast Schwierigkeiten. Aber verlaß dich auf mich. Ich regle das.«

»Erstens, nenn mich bitte nicht Mom. Früher hieß ich auch Mama.«

»Okay, Mom.«

»Zweitens, was quatschst du da von Schwierigkeiten? Selbst wenn ich welche hätte, woher willst du das wissen?«

»Manche Dinge ziehen Kreise«, orakelte er.

Dieser Champagner stieg mir leider etwas zu Kopf. Ich hätte doch lieber ein Glas Mineralwasser nehmen sollen.

»So, und diese Kreise haben sich bis nach Düsseldorf ausgeweitet und dich erreicht.«

Er nickte, ohne meine Ironie zur Kenntnis zu nehmen.

»Mom – äh, ich meine, Mama. Alles war natürlich zuerst ein Zufall. Du bist ins Tierheim gegangen und hast einen ganz besonderen Hund erwischt. Einen, dessen Spuren man verloren hatte. Auf einmal war er wieder da und wurde zur Kenntnis genommen.«

»Das habe ich auch schon bemerkt. Aber du, du hast sie noch nicht einmal angeguckt.«

»O doch. Ich habe sie sehr wohl angeguckt«, erwiderte er bestimmt.

Ich warf einen Blick unter den Tisch.

Ertappt zog er die Hand weg, er hatte Canossa am Hals gekrault. Und mich stimmte das versöhnlicher.

»Es gibt Leute, die sich für diesen Hund interessieren. Aus welchen Gründen auch immer.«

»Er hat irgendwas mit Drogen zu tun gehabt, stimmt's?«

»Das auch«, erwiderte Torsten vage. »Das kommt vordergründig dazu, und du mußt nun da wieder raus. Das einfachste wäre natürlich, du würdest tun, was vernünftig ist, dich von dem Tier trennen.«

»Torsten! Als damals unsere Caprice eingeschläfert wurde, hast du ...«

Er hob beschwörend die Hand.

»Ich kenne meine Mutter. Und ich weiß, daß das entfällt. Darum bin ich ja hier – unter anderem«, setzte er hastig hinzu.

Wir schwiegen uns ein bißchen an.

Übrigens redeten wir die ganze Zeit an der für meine Ohren unteren Grenze. Richtig verschwörerisch.

Natürlich wußte ich, daß mein Junge sich maximal per Brieftelegramm um mich gekümmert hätte, wenn ich mit Krebs im Krankenhaus liegen würde. Da machte ich mir keine Illusionen. Irgendein tüchtiges Stück Profit mußte für ihn schon drinstecken.

Aber trotzdem.

Der Champagner hatte mich angenehm erwärmt. Und ich fand den Gedanken ganz gut, daß da jemand, der doch irgendwo zu mir gehörte, Licht in jenes Dunkel bringen wollte, das mich im Moment verunsicherte.

»Also«, sagte ich und griff entschlossen zu meiner Handtasche. »Du wolltest was in Ordnung bringen. Hier. Das hat man mir vor die Füße geworfen.« Und ich packte den Umschlag auf den Tisch.

Mein Sohn zeigte keinerlei Anzeichen von Erstaunen. Das einzige war, daß er sich kurz umschaute. Aber von uns mal abgesehen, war diese Lounge nicht so wahnsinnig besetzt, und ohne Wanze hätte uns wohl keiner abhören können. Die saßen alle weiter weg.

Erst tastete er das Ding ab. Dann roch er daran. Und dann – ließ er es sang- und klanglos in der Hemdtasche unter seinem feinen Pullover verschwinden.

»Ich kümmere mich darum, Mom, äh – Mama.«

Das war sein ganzer Kommentar.

Mir blieb der Mund offenstehen.

»Meinst du nicht«, brachte ich schließlich hervor, »daß ich wissen sollte, was ich da gekriegt habe?«

»Ich weiß es ja auch nicht«, begütigte er mich. »Morgen komme ich zu dir, dann sehen wir weiter. Sagen wir, im Laufe des Vormittags.«

Derart Verabredungen konnte ich auf den Tod nicht leiden.

»Geht's nicht ein bißchen präziser?« knurrte ich.

Bei alldem mußte ich feststellen, daß ich doch ziemlich erleichtert war, das blöde Kuvert los zu sein.

»Gut«, sagte er, »also um elf.«

»Dann kannst du ja vielleicht auch Jonas kennenlernen.«

»Jonas? Wer ist Jonas?«

Zum erstenmal während unserer Begegnung schien er etwas nicht schon vorher zu wissen.

»Jonas Frohgemuth, mein Untermieter. Viermal hat man versucht, ihm Canossa abzukaufen, und im Keller haben sie ihm ein Ding über 'n Kopf gegeben. Hat das keine Kreise bis Düsseldorf gezogen?«

Torsten sah überrascht aus. Und sehr interessiert.

»Unbedingt möchte ich ihn kennenlernen«, sagte er.

»Also ich denke, er steckt auch in Schwierigkeiten. Vielleicht in größeren als ich. Die löst du am besten gleich mit.«

Er ging nicht auf mich ein. Plötzlich schien er es sehr eilig zu haben.

»Mama – bis morgen. Ich laß dir ein Taxi rufen.«

Er winkte dem Kellner.

»Für die drei Schritte? Canossa muß sowieso noch mal.«

»Ich laß dir ein Taxi rufen«, beharrte er.

Bis das Taxi kam, schwiegen wir uns an, jedenfalls meistens.

Einmal fragte ich ihn, ob er noch Kontakt zu seinem Bruder Dirk habe. Er sagte, nein.

Dann fragte er mich, ob Hanne Brandt noch immer so 'n großes Mundwerk hätte wie damals. Ich sagte, ja.

Von Ricci Deichfus redeten wir nicht.

Als ich schon am Gehen war, fragte ich ihn, ob er mir die Rosen geschickt hätte.

»Rosen?« forschte er verwundert. »Was denn für Rosen?«

»Gelbe. Stücker dreißig. Ohne Absender.«

Das schien ihn zu beschäftigen.

20

Aus meinem Taxi stiegen wir beide schnurstracks die Treppen zum Vorderhaus hoch.

Nach all dem Gerede hin und her wollte ich unbeding Frithjof sprechen, ihn zur Rede stellen wegen seiner merkwürdigen Anwesenheit gestern abend bei mir. Aber das war nur der Vorwand. Ich hatte das Bedürfnis nach einem Menschen, der nicht mit mir Versteck spielte. Was auch immer das war – es mußte zwischen uns bereinig werden.

Um diese Zeit war Fitti Reiter unter Garantie zu Haus, hörte Musik, las, schrieb an seinem Tagebuch – ich argwöhnte immer, daß es in Wirklichkeit ein Roman war, denn was erlebte er schon, um es aufzuzeichnen. Kaum der Mühe wert.

Aber durch die Glasscheiben der Wohnungstür kam kein Lichtschein, und auf mein Klingeln hin rührte sich nichts.

Kopfschüttelnd stieg ich wieder runter in meinen Hinterhof. Auch das Küchenfenster da drüben war dunkel.

Auf einmal hatte ich ein ganz merkwürdiges Gefühl.

Aus alten Zeiten bewahrte ich hinten in der Schublade vom Büfett ein Duplikat seines Schlüssels auf. Das war bequem gewesen damals und verursachte kein Aufsehen, wenn wir uns mit Lichtzeichen zuvor verständigt hatten.

Als ich ihn dann irgendwann zurückgeben wollte, hatte Frithjof abgewehrt: Es sei doch immer gut, wenn ein Zweitschlüssel bei einer Person des Vertrauens deponiert sei, man wisse ja nie.

Zum Glück gehörte Frithjof Reiter zu den wenigen Personen im Haus, die sich nicht Tür und Türschloß hatten auswechseln lassen.

Meinem alten Mädchen mit ihrem lahmen Bein bereitete das Treppensteigen wenig Spaß. Aber ich nahm sie trotzdem mit.

Frithjofs Mantel und Hut hingen am Garderobenhaken. Soviel ich wußte, hatte er nur eine Garnitur. Und bei diesem Wetter ging er kaum aus dem Haus. Ich machte Licht im Zimmer.

Sein Bett war ungemacht, sein Hausrock hing überm Fußende.

Auf dem Nachttisch seine Lesebrille und aufgeschlagen, mit den Seiten nach unten, ein Taschenbuch. Ich stieß die Küchentür auf.

»Fitti?« fragte ich leise.

Kein Fitti. Auf dem Tisch stand das Frühstücksgedeck, offenbar am Abend vorher hingestellt. Er liebte solche Vorbereitungen. Ein Mensch, der seinen Alltag gestaltete, so hatte er sich mal selbst genannt.

Canossa fiepte. Sie lag vor der Tür zum Bad. Licht drang durch den Spalt.

Entschlossen drückte ich die Klinke herunter.

Ja, da war er.

An jener Stelle, von wo aus wir beide so oft unseren Spaziergang in den Garten der Lüste angetreten hatten, lag Frithjof starren Auges im kalten Wasser.

Aber daß er beim Baden einem Infarkt oder Schlaganfall erlegen war, das brauchte ich keine Sekunde lang in Erwägung ziehen. Frithjof lag nämlich in Pyjama und Hausschuhen in seiner vollen Wanne.

21

Immer wieder fielen mir diese transportablen Telefone ein, das von meinem Sohn und das von Jonas, welches der an diesem seltsamen Abend mit Frithjof Reiter in der Hand gehabt hatte – diesem Abend, der mir immer mehr so vorkam, als wäre er nur ein Traum gewesen.

So ein Telefon hätte ich jetzt gebraucht.

Wir beide, Canossa und ich, hatten es erst im Haus versucht, aber Bauhöffer und Liane Freiberg waren entweder nicht zu Haus oder hatten keine Lust aufzumachen. War ja auch spät genug, wer geht da noch an seine metallverrammelte Tür.

Nun rannte ich, meinen Hund im Schlepptau, zum ersten öffentlichen Telefon – erwartungsgemäß defekt –, dann zum nächsten – noch nicht angeschlossen – und zum dritten – nur mit Telefonkarte. Beim vierten endlich gelang es mir, die Polizei zu verständigen – mit weichen Knien, Herzflattern und fehlendem Atem.

Über mangelnde Publicity mußten wir, Canossa und ich, uns nicht beklagen, als die Herrschaften von der Kripo endlich aufgetaucht waren. Auf einmal waren die so hermetisch verschlossenen Türen wieder aufgegangen, und im Flur wimmelte es von Menschen.

Und mindestens genauso anregend wie der Mord schien offenbar die Tatsache zu sein, daß ich, Marion Quade, einen Schlüssel zur Wohnung des Opfers gehabt hatte und Finderin der Leiche war.

»Stille Wasser sind tief«, erdreistete sich Hanne Brandt sogar zu sagen, und noch vor zehn Jahren wäre ich ihr wegen so 'ner Bemerkung wahrscheinlich an die Dauerwelle gegangen. Bei alldem hatte ich vor allem das Gefühl, daß sie neidisch war. Erstens, daß sie da eine lange währende Beziehungskiste im Haus nicht geschnallt hatte. Und zweitens, sie hätte bestimmt auch gern mal 'ne Leiche gefunden.

Aber alle merkwürdigen Vorfälle im Haus schienen sich direkt oder indirekt um mich zu ranken.

Der Polizei erzählte ich, daß ich die Schlüssel von Herrn Reiter hätte, um nach den Blumen zu sehen, wenn er verreist wäre. Daß er nie verreiste, wußten sie ja nicht, und sie guckten auch nicht nach, ob er Blumen hatte.

Die Polizei wiederum erzählte mir, aber erst nach drängendem Nachfragen, daß sie keinerlei Spuren von Gewaltanwendung an seinem Körper entdecken konnte. Aber die Gerichtsmedizin hatte natürlich das letzte Wort. Außerdem: Welches Recht hatte ich, irgendwas zu erfahren? Vielleicht war er auch eines natürlichen Todes gestorben.

Diese These erschütterte mich denn doch. Soviel mir bekannt war, gehörte es nicht zu Frithjofs Angewohnheiten, in Schlafanzug und Hausschuhen zu baden.

Nachdem man mir angekündigt hatte, daß man mich morgen noch einmal zur Sache vernehmen würde und ich mich bitte zur Verfügung halten sollte, wurde ich in meine Wohnung entlassen. Langsam verzogen sich auch die anderen Hausbewohner wieder in ihre Löcher. Es war ja spät genug, und sie hatten wohl geschnallt, daß sie von mir nichts erfahren würden.

Jonas war nicht zu Hause. Seine Zimmertür stand halb offen, womit er mir immer anzuzeigen pflegte, daß ich bei ihm Staub wischen oder saugen konnte. Vielleicht wäre es mir angenehm gewesen, mit jemandem noch ein Wort zu wechseln. Vielleicht aber auch nicht.

Ich setzte mich in den Sessel vor den Fernseher, ohne den Apparat einzuschalten.

Wenn ich nur wüßte, was die kleine Doktorin zu mir gesagt hatte!

Vielleicht, daß er vorsichtig sein sollte? Wenn meine dumme Eitelkeit nicht gewesen wäre, wer weiß? Ich hätte Frithjof warnen können, und er wäre noch am Leben.

Aber wovor warnen? Was gab es da, das er wußte und von dem ich keine Ahnung hatte? Mein langjähriger Liebhaber, der stille, zurückgezogen lebende Mann mit seinen Büchern, seiner Musik, seinen Schreibereien – offenbar hatte ich keine Ahnung, wer er war. Er muß noch ein anderes Leben gelebt haben, eines, in dem man Gefahr lief, in seiner eigenen Badewanne ersäuft zu werden.

Ich wurde dieses Bild nicht los.

Also drückte ich doch noch aufs Knöpfchen, aber da half mir auch nichts. Da flimmerte inzwischen schon das Testbild über den Schirm. Keine Ablenkung also.

Was hatte sie gesagt? Seien Sie vorsichtig? Oder: Er soll vorsichtig sein? – Was wußte sie? Ich mußte sie sprechen. Unbedingt. Morgen, das heißt heute. Wenn ich die Polizei abgewartet hatte. Und meinen Sohn Torsten. Mein Kopf schmerzte unerträglich. Vorsichtig massierte ich meine Schläfen mit den Fingerspitzen. Frithjof hatte auch oft Kopfschmerzen gehabt, und dann hatte er mich gebeten, so mit den Fingern über seine Stirn zu kreisen, wie ich es jetzt bei mir tat ...

Mir fiel seine Schreiberei ein – dieses Tagebuch, das er angeblich führte und das ich immer für verkappte Romanschriftstellerei hielt. Aber vielleicht waren es wirklich Aufzeichnungen, die von Wichtigkeit waren. Vielleicht hatte er die andere, die geheime Seite seines Lebens dem Papier anvertraut.

Die Polizei hatte nichts davon gesagt, daß sie irgend so etwas gefunden hatte. Und warum sollte sie auch? Ich hatte damit doch nichts zu tun. Ich hatte zufällig die Leiche entdeckt, das war alles.

Was ich darüber hinaus wissen wollte, war für die nur Sensationslust, und ich unterschied mich in ihren Augen kein Stück von Hanne Brandt. Andererseits brachte es überhaupt nichts, wenn ich meine Beziehung zu dem Toten an die große Glocke hängte. Nichts, außer Scherereien.

Und das Notizbuch vielleicht da drüben in der versiegelten Wohnung...

Ein anderes Bild formte sich hinter meinen geschlossenen Lidern: Der schmale Altmännerrücken in Jonas' Zimmer, mein Fitti mit irgendwelchen Papieren. Die Klarinettenmusik, Jonas mit dem Telefon.

Jonas mußte ich zur Rede stellen. Genau wie die kleine Natalia. Und über das Tagebuch was rauskriegen, koste es, was es wolle.

Zu meinen Füßen schnarchte Canossa mit Gebrause. Sie war im Tiefschlaf, nach dem ganzen Hin- und Hergerenne des heutigen Abends so richtig schön müde.

Irgendwann müßte ich vielleicht auch mal schlafen.

Ich erhob mich, und im Nu war sie hellwach, sprang auf ihre Pfoten, reckte sich und sah mich erwartungsvoll an.

Auf sie war Verlaß. Sie hätte mir ihre Vergangenheit bestimmt lückenlos mitgeteilt, wenn sie es gekonnt hätte.

Bevor ich zu Bett ging, stellte ich noch den Eimer mit den gelben Rosen auf den Flur. Man soll nicht mit Blumen im Zimmer schlafen, und schon gar nicht mit so mysteriösen. Wer weiß, was es damit nun wieder auf sich hatte – obwohl mich das im Augenblick wirklich nur zweitrangig interessierte.

Kaum lag ich im Bett und hatte das Licht ausgemacht, fing ich an zu heulen. Die Tränen strömten mir nur so über die Backen. Ich lag ganz still und ließ es fließen. Es war das Beste, was mir heute passierte.

22

An manchen Tagen weiß man schon, bevor man die Augen aufschlägt, daß sie bestimmt furchtbar werden.

Als mich Canossa mit ihrer nassen Schnauze weckte, war der Druck auf der Brust da, noch bevor mir wieder einfiel, was gestern mit Fitti Reiter geschehen war. Und als ich auch noch sah, daß schönes Wetter war, wußte ich, daß heute alles schiefgehen mußte. Nichts ist ekelhafter als schönes Wetter, wenn man sich mies fühlt. Da hat man das Gefühl, als wenn sich die ganze Welt gegen einen verschworen hat.

Der Tag war schon vorgerückt, und so hatten Brandt und Konsorten wohl schon Zeit genug gehabt, gegen mich Stimmung zu machen, das merkte ich an der reservierten Art, in der mich Frau Gemüse-Mueller grüßte.

Durch meinen Leichenfund gestern hatte ich mir jede Menge Minuspunkte eingehandelt, das war klar. Es war fast so schlimm, als wenn ich Frithjof selber umgebracht hätte.

Am Park keuchte mir Professor Bauhöffer in Jogginganzug und Pepita-Hütchen entgegen. Den linken Arm trug er in einer Schlinge. Richtig, die Messerstecherei! Trotzdem drehte er seine Runden. Tapfer, tapfer.

Als ich ihm das obligatorische »Schönes Wetter heute!« zurief, wandte er den Kopf ab. Offenbar war ich auch an seiner Verletzung schuld.

Am Zeitungskiosk entdeckte ich Frithjof dann. Groß aufgemacht lag er auf der Titelseite von BILD in seiner Badewanne. Es war, als wenn mir wer einen Schlag auf die Brust gab. Diese Schweine!

Trotzdem überwand ich mich und kaufte das Blatt.

Es stand eine Menge Blödsinn da. »Mysteriöser Toter im Scheunenviertel« und »Mord oder Unfall?« – als wenn das eine Frage gewesen wäre. »Eine Nachbarin, die zum Blumengießen in die Wohnung gekommen war, fand die Leiche.« Da hatte ich ja noch Glück, daß ich nicht mit Namen und Anschrift in das Käseblättchen gekommen war!

Und dann stand da noch: »Der Ex-DDR-Diplomat war in seinem früheren Leben wegen dunkler Geschäfte mit dem Gesetz in Konflikt geraten. Remake einer kriminellen Karriere? BILD ermittelt für Sie.«

Wütend zerknüllte ich das Blatt und warf es in den nächsten Papierkorb. Das fehlte noch, daß sie in Frithjof Reiters Vergangenheit herumschnüffelten.

Canossa hatte gerade einen jungen Airedale entdeckt, mit dem sie rumtobte, als wenn sie ein junges Mädchen wäre. Die hatte keine Ahnung, wie gut sie es hatte. Wurde geliebt und gefüttert, und den Rest hatte sie vergessen.

Netterweise begegnete ich keinem meiner lieben Mitbewohner mehr auf dem Rückweg. Mit diesem Blättchen, das sie ja bestimmt alle gelesen hatten, war es ja auch ganz einfach, mich zum zwielichtigen Geschöpf hochzustilisieren.

Ich war kaum zu Hause, da ging der Zirkus schon los. Canossa teilte mir mit, daß es klingelte.

Aha, die Bullen, dachte ich. War aber nicht an dem. Vor der Tür standen zwei junge Leute, sehr sympathisch anzusehen. Er mit Pferdeschwanz, schlappriger Katzenfelljacke und Dritte-Welt-Umhängetasche, sie mit Stoppelschnitt und langem Hängekleid, Kulleraugen. In DDR-Zeiten nannte man so was Peacies – so friedensbewegtes junges Volk mit dem »Schwerter-zu-Pflugscharen«-Emblem an der Jacke, das ständig überall aneckte.

Wir standen und sahen uns an, und Canossa knurrte mäßig, weil die nichts machten.

Dann sagte das Mädchen: »Hi!« und ich sagte auch: »Hi!« Man will ja nicht abstinken, indem man altmodisch mit »Guten Tag« grüßt.

»Wir möchten zum Jonas«, sagte der junge Mann.

Ich zuckte die Schultern.

»Tut mir leid. Den hab ich seit zwei Tagen nicht gesehen.

Die beiden sahen sich an. Dann sahen sie mich an. Dann seufzten sie.

»Wir verstehen das nicht«, nahm jetzt der Junge das Wort. »Wir waren verabredet. Zu Proben. Jonas ist gestern und vorgestern nicht gekommen. Er war sonst immer so zuverlässig.«

»Tut mir leid«, wiederholte ich. »Kann ich irgendwas ausrichten?«

Das Mädchen hatte sich zu Canossa runtergebeugt. »Darf man den mal anfassen?« fragte es.

»Das ist 'ne ›Die‹, und wenn ich dabei bin, kann man sie auch anfassen«, entgegnete ich und ließ zu, daß Canossa vorsichtig der Kopf gekrault wurde. Natürlich hätte sie in keinem Fall was getan, aber es wirkt immer gut, wenn man so tut, als hätte man 'nen extrem scharfen Hund.

Nun knudelte auch der Junge an Canossa rum. Leute, die meinen Hund leiden mögen, sind mir gleich noch ein Stück mehr sympathisch.

»Tja, was machen wir nun bloß?« sagte der Junge.»Der Jonas hat noch Noten von uns, die brauchen wir dringend. Ohne können wir gar nicht proben.«

»Sie können ja reingehen und gucken, ob sie was finden«, schlug ich vor. »Das Zimmer ist offen. Kein Problem.«

Gemeinsam betraten wir Jonas' Zimmer. Das Bett war säuberlich gemacht. Ordentlich war er wirklich.

Die beiden Jungschen guckten die Stapel von Noten durch, die auf der Kommode aufgeschichtet waren, und tauschten sich leise aus.

Offenbar wäre es ihnen lieber gewesen, wenn ich aus dem Zimmer gegangen wäre, aber das war nicht drin. Ich laß doch keine fremden Leute in fremden Sachen wühlen.

Canossa hatte sich auch mit ins Zimmer gedrückt und schnuffelte herum. Am meisten interessierte sie das einzige verschließbare Möbelstück im Raum, ein Schränkchen aus Großmutters Zeiten, das ich Jonas für seine Wäsche leergeräumt hatte. Sie war ganz aufgeregt, wedelte wie wild und begann sogar mit der Pfote an der Schranktür zu kratzen.

»Aus, Canossa!« befahl ich.

Die beiden sahen angeregt zu.

Der Hund legte sich vor das Schränkchen.

»Jonas muß ein Stück Leberwurst zwischen seinen Sachen versteckt haben«, bemerkte ich kopfschüttelnd, »sonst würde sie sich nicht so aufführen.«

»Den Schlüssel zu dem Schrank haben Sie wohl nicht?« fragte das Mädchen. »Wir haben nämlich das Eigentliche noch nicht gefunden.«

»Nee, habe ich nicht«, entgegnete ich. »Und selbst wenn ich ihn hätte, wurde ich ihn nicht benutzen. So was gehört sich nicht – rumschnüffeln.«

Die beiden wechselten einen Blick.

»Na, dann nichts für ungut«, sagte der Junge und schwenkte ein paar Noten in der Hand. »Das hier ist besser als nichts. Wenn Sie Jonas sehen, sagen Sie ihm, daß wir hier gewesen sind. Karl und Rosa.«

»Karl und Rosa?« fragte ich verdutzt. »Wie denn das? Ich dachte, die gibt's schon?«

Sie lächelten. »Sind ja nur Spitznamen«, beruhigte das Mädchen. »Aber, bitte, nicht vergessen. Wir müssen unbedingt die Noten haben.«

»Und ihn selber dazu«, ergänzte ich.

»Und ihn selber dazu«, wiederholte der Junge. Es klang ein bißchen drohend.

23

Wahrscheinlich hätte ich über diesen Besuch und seine Umstände noch länger nachgedacht, aber die Polizei gab sich sozusagen mit Karl und Rosa die Klinke in die Hand. Man wollte mich abholen aufs Revier, ich sollte noch einmal in Sachen Frithjof Reiter aussagen.

Daß mein Sohn mich um elf herum heimsuchen wollte, hatte ich fast vergessen. Es fiel mir erst ein, als ich schon im Bullentaxi saß. Es hatte nämlich noch eine erbitterte Auseinandersetzung gegeben wegen Canossa. Ich sollte sie zu Hause lassen, verlangten die. Und ich weigerte mich natürlich. Nach alldem, was in der letzten Zeit los war, hatte ich wirklich nicht vor, meinen Hund länger unbeaufsichtigt zu lassen.

Ich schlug ihnen vor, doch einfach bei mir zu Haus zu bleiben, aber das wollten sie nicht. Die höheren Tiere, zu denen sie mich offenbar bringen wollten, waren wohl zu fein, um ihren Hintern von ihrem Schreibtischsessel zu lüften. Schließlich überzeugte es sie, daß ihre Hundeführer die Tiere ja auch überall mit hinnahmen.

»Wenn einer was sagt«, grinste der eine, so 'n gemütlicher Dicker, »werden wir sagen, das ist Ihr Blindenhund.«

»Eher mein Taubenhund«, knurrte ich, und das fanden sie sehr witzig.

Und dann die Gesichter der gerade vorhandenen Hausbewohner, als ich mit Canossa zu den Typen ins Auto stieg! Nur, wie gesagt: Torsten hatte ich darüber vergessen. Ich hätte ja bitten können, im Hotel anzurufen, aber dann sagte ich mir mit einer gewissen Schadenfreude, daß er ja ruhig mal ein Stündchen von seiner ach so kostbaren Zeit für mich umsonst vergeben konnte, und ließ es bleiben. Außerdem hatte ich anderes vor. Es ging ja um Frithjof.

Letztlich mußte ich die ganze Geschichte, die ich gestern schon einmal von mir gegeben hatte, noch mal herbeten: mit dem Blumengießen und daß ich zwei Tage kein Licht im Küchenfenster gesehen hatte.

»Herr Reiter war ein Mensch mit sehr festen Lebensgewohnheiten«, sagte ich und überlegte krampfhaft, wie ich die Rede auf sein Tagebuch bringen konnte. »Und wenn er verreist wäre, hätte er mir das bestimmt gesagt.«

Der Typ hinter dem Schreibtisch gefiel mir gar nicht. Ein mürrischer älterer Knabe, der seinen Blick nicht von den Akten hob. Leute, die mir nicht in die Augen gucken, kann ich nicht ausstehen.

»Frau – äh – Quade«, sagte er und kritzelte irgendwas auf ein Stück Papier. »Es war ja doch schon recht spät, als Sie in die Wohnung Reiters gingen. Ist das normalerweise die Zeit, wo Sie Blumen gießen?«

Klar, worauf er hinaus wollte. Aber nicht mit mir.

»Ich hab Ihnen doch schon gesagt, daß ich nicht wegen der Blumen rübergegangen bin, sondern weil ich mir Sorgen gemacht hab«, erwiderte ich. »Eben, weil kein Licht brannte. Schon den zweiten Abend nicht.«

Er nickte langsam. Überzeugt wirkte er nicht.

»Und wo waren Sie vorher?«

Na, wenn es ums Alibi ging, da konnte ich ja nun wirklich auftrumpfen.

»Zuerst beim Tierarzt«, leierte ich runter. »Dann hab ich im Hausflur die Putze gespielt, weil sich keiner zuständig fühlte.

Dann bin ich ins Hotel zu meinem Sohn gefahren und hab mit ihm in aller Öffentlichkeit rumgesessen. Und dann bin ich mit 'm Taxi nach Haus. Alles bis auf die Minute belegbar. Und gesehen haben mich Dutzende von Leuten.«

Der Knabe kritzelte und kritzelte. Es bereitete mir Spaß, alles so schnell herzusagen, daß er kaum mitkam.

»Na, das dürfte ja wohl genügen. Die Zeit davor...«

»Heißt das«, fiel ich ihm ins Wort«, daß Frithjof Reiter möglicherweise schon am Tag vorher ermordet worden ist?«

»Ob dieser Tod Unfall, Selbstmord oder Mord war, darüber ist ja das letzte Wort noch nicht gesprochen«, korrigierte er mich streng.

»Na klar war das Mord!« platzte ich raus. »Oder wollen sie mir erzählen, daß sich die Leute zum Sterben in voller Montur in die eingelassene Wanne legen?«

Er sah mich das erste Mal an. Strafend, würde ich sagen.

»Die Ermittlungen sind noch nicht abgeschlossen«, sagte er. »Und ich rate Ihnen dringend, sie der Polizei zu überlassen. Es wird soviel Unsinn geredet, und die Medien heizen das noch an. Wenn ich Sie hier höre, ist mir schon klar, wie sich das beim Bäcker und beim Milchmann und im Treppenhaus anhört. Und immer kriegt die Polizei den Schwarzen Peter zugeschoben. Immer dürfen wir der Watschenmann sein.«

Er hatte sich direkt in Rage geredet. Ich beschloß einzulenken. Schließlich wollte ich genausoviel von ihm wie er von mir, wenn er das auch nicht wußte.

»Sie haben ja recht, Herr Kommissar. Aber Sie müssen mich auch verstehen. Der Schock mit der Leiche gestern! Schließlich habe ich Herrn Reiter über zwanzig Jahre gekannt.«

Er hakte sofort nach. Ganz so dumm, wie er aussah, schien er nicht zu sein.

»Haben Sie ihn gut gekannt?«

»Besser als die meisten aus dem Haus«, entschied ich mich zu sagen. »Herr Reiter war sehr verschlossen. Er hatte zu den anderen keinen Kontakt.«

»Wie kam es denn, daß Sie eine Ausnahme bildeten?« »Vielleicht, weil ich so 'ne aufgeschlossene Person bin«, schlug ich vor.

Er sah mich das zweite Mal an, so, als wenn es das erste Mal wäre.

Vor längerer Zeit hatte ich mal eine Geschichte gelesen von einer Lehrerin, die zu Zwecken der Anschauung in den Naturkundeunterricht einen lebenden Bären mitbringt und die Kinder nach den Eigenschaften des Tiers fragt. Als ein Junge bemerkt, der Bär sei eßbar, erklärt die Lehrerin, das sei keine Besonderheit. Auch der Junge sei eßbar. Dann hieß es in dem Buch: »Hier hob der Bär den Kopf und sah den Jungen aufmerksam an.«

An diesen Satz erinnerte ich mich bei dem Blick dieses Polizeiers. Er guckte mich an wie jemand, dem man mitgeteilt hatte, ich wäre eßbar.

»Frau – äh – Quade«, sagte er und rang sich ein Lächeln ab, »das bezweifle ich in keiner Weise. Darum hoffen wir ja auch, daß Sie mit uns kooperieren.«

Er wechselte die Tonart.

»Sie wissen, daß Herr Reiter in der DDR mit dem Gesetz in Konflikt gekommen war?«

»Du meine Güte«, sagte ich. »Das ist ja nun wohl der Schnee von vorgestern. Jeder wußte das. Darum haben sich die andern im Haus ja so affig gehabt.«

»Außer Ihnen. Sie hatten sich nicht – äh – affig.«

»Nein, tat ich nicht. Er hatte doch seine Strafe abgebrummt. Irgendwann muß so was doch mal vorbei sein.«

Er sagte weder ja noch nein. Sondern: »Sie halten es also nicht für möglich, daß Herr Reiter noch Kontakte zur kriminellen Szene hatte und daß dieses – äh – Tötungsdelikt damit in Zusammenhang stehen könnte?«

»So ein Unsinn«, fauchte ich. »Er war doch bloß zufällig in die Sache reingeschlittert.«

»Also wußten Sie Näheres?«

Mir riß der Geduldsfaden.

»Herrgott, ich wußte genau das, was er mir erzählt hatte, und das ist über zwanzig Jahre her. Und seitdem lebte Frithjof Reiter still und zurückgezogen und tat keiner Fliege was zuleide. Ohne Angehörige, ohne Freunde. Seine Frau hatte sich damals von ihm scheiden lassen, Kinder gab's nicht, mit der Vergangenheit hatte er gebrochen. Da hat er eben mir manchmal sein Herz ausgeschüttet. Mir und seinem Tagebuch.«

Ich fand meine Wendung, wie ich auf das Tagebuch gekommen war, sehr fein. Leider bewirkte sie überhaupt nichts. Der reagierte gar nicht.

»Hat er Ihnen in der letzten Zeit auch sein Herz ausgeschüttet?«

Mir liegt immer das Herz auf der Zunge. »Nee, eher ich ihm«, sagte ich unbesonnen.

»Sie haben ihm Ihre Probleme anvertraut? Darf man fragen, was das für welche waren?«

Nun war ich auf der Hut.

»Mit meinem Untermieter. Den hatte man niedergeschlagen, als er für mich Kohlen holte«, sagte ich und gab mir redlich Mühe, so einfältig wie möglich zu klingen.

»Der Name dieses Untermieters?«

»Jonas Frohgemuth. Ist bei mir gemeldet. Und der Vorgang müßte der Polizei bekannt sein. Jedenfalls waren welche von ihren Leuten da.«

Er kritzelte wieder an seinen Notizen herum.

»Wenn Sie mir irgend etwas anvertrauen wollen, Frau – äh – Quade, wäre das jetzt sicher der geeignete Moment«, bemerkte er schleimig.

Dem würde ich was husten. Außerdem, was sollte ich ihm anvertrauen? All die Vorkommnisse, die ich auch nicht durchschaute? Er würde sie bestimmt noch weniger durchschauen. Und vollends die Geschichten um einen alten Mischlingshund aus dem Tierheim, die würde er bestimmt als Hirngespinste einer schrulligen alten Frau abtun.

Canossa hatte bis jetzt ruhig zu meinen Füßen geschlafen. Als wenn sie meine Gedanken lesen könnte, ließ sie an dieser Stelle einen tiefen Schnarcher hören und drehte sich auf die Seite.

Ich fing an zu kichern.

Der grämliche Bulle verstand natürlich keinen Spaß. Irritiert blickte er von seinem Papierchen auf.

»Tut mir leid«, sagte ich, noch immer gickernd. »Aber ich wüßte nicht, was es anzuvertrauen gäbe.«

»Wie Sie wünschen. Haben Sie vor, in nächster Zeit Berlin zu verlassen?«

»Nein, warum?« fragte ich begriffsstutzig. Erst, als ich fragte, merkte ich, daß ich für ihn offenbar in den Kreis der Verdächtigen gehörte. Die müssen spinnen, die Bullen! dachte ich. Aber zugleich wurde mir klar, daß sie offenbar völlig im dunkeln tappten. Da war ihnen jeder oder jede recht.

»Kann ich jetzt gehen?« fragte ich und stand auf.

»Wir fahren Sie selbstverständlich zurück«, erbot er sich.

»Nicht nötig. Mein Hund braucht Bewegung. Und ich auch.«

An der Tür drehte ich mich noch einmal um. Ich hatte das Hin und Her satt.

»Ich weiß ganz bestimmt, daß Frithjof Reiter Tagebuch geführt hat. Haben Ihre Leute so was gefunden?«

Er sah mal wieder nicht auf.

»Tagebuch? Nicht, daß ich wüßte. Ich werde mich erkundigen«, sagte er unbeteiligt.

So ein Stiesel.

24

Ich entschloß mich, bei diesem verflucht schönen Wetter gleich an Torstens Hotel vorbeizuschauen. Vielleicht traf ich ihn an und konnte mich neu mit ihm verabreden. Sonst konnte ich ihm ja eine Nachricht hinterlassen.

Aber mein Manager-Sohn hatte selbstverständlich alles im Griff.

An der Rezeption erfuhr ich, daß Herr Quade im Moment außer Haus sei, aber eine »Messitsch« für mich hinterlassen habe. Die »Messitsch« war ein handschriftliches Zettelchen in seiner kleinen, feinen, deutlichen Schrift.

»Liebe Mom, habe von den Vorfällen im Haus erfahren. Schrecklich. Normal, daß du nicht dasein konntest. Erwarte mich bitte heute gegen Abend. Torsten.«

Wieder so eine feine unbestimmte Angabe! Gegen Abend! Da konnte ich dann von Einbruch der Dunkelheit bis zur Tagesschau in meiner Bude sitzen. Und danach war mir im Moment gar nicht. Mir würde die Decke auf den Kopf fallen. Das, was ich jetzt eigentlich brauchte, war ein großer, langer, schöner Spaziergang mit Canossa. Einmal rund um den Friedrichshain. Oder hinterm Brandenburger Tor auf dem ehemaligen Todesstreifen bis zum Tiergarten und immer weiter.

Und genau das würde ich machen. Unterwegs irgendwo essen – es war inzwischen Mittag geworden –, alle fünfe gerade sein lassen und mich erst, wenn es dämmrig wurde, wieder zu Haus einfinden.

»Los, Olle«, sagte ich zu meiner Hündin«, wir machen jetzt Highlife. Die sollen uns alle mal gern haben.«

Der Ton gefiel ihr. Sie sah schwanzwedelnd zu mir auf, versuchte ein paar Hüpferchen, mit denen sie in jüngeren Jahren bestimmt sehr graziös gewirkt hatte, und verfiel dann an meiner Seite in jenen leicht hinkenden Langzeit-Trott, den sie sich für ausgedehnte Gänge vorbehalten hatte, angepaßt meiner flotten Gangart.

Erst war mir mehr nach Friedrichshain, weil wir da auch sehr nette Hunde kennengelernt hatten, mit denen Canossa sehr hübsch spielte.

Aber dann überlegte ich mir, daß ich, wenn nun schon mal die Sonne scheint, wenigstens auch welche abkriegen wollte. Bei meinem Teint könnte ich in einer halben Stunde schon so braun sein, daß Hanne Brandt vor Neid erblassen würde. Also fiel meine Wahl auf den Tiergarten, und ich konnte die ganzen Linden runterschlendern, immer die Sonne im Gesicht, und Leute angucken, die ihrerseits Berlin anguckten. Hunger hatte ich noch keinen – im Gegensatz zu Canossa, die immer welchen hatte –, so konnte ich mir das Einkehren für den Rückweg aufheben oder irgendwo im Tiergarten in ein Ausflugslokal gehen, falls die nicht um diese Jahreszeit dichtgemacht hatten. Aber wir haben ja Kapitalismus, da hat man gute Hoffnung, was die Öffnungszeiten von Restaurants angeht.

Wir zockelten also los.

Erst unterwegs merkte ich so richtig, wie angeschlagen ich war. Sonst finde ich immer alles aufregend und freue mich an exotischen Gästen, Japanerinnen mit flotten Mützen, die alles fotografieren, eleganten Italienern und superleger angezogenen Amis, und ich hatte direkt ein Auge dafür gekriegt, wer zu welcher Nationalität gehörte, und freute mich, wenn sie es durch ihre Sprache oder die Aufschrift des Stadtführers bestätigten. Aber heute war ich schon über die Kreuzung Friedrichstraße drüberweg, als ich das erste Mal um mich sah. Ich war ganz blick- und gedankenlos vor mich hingelatscht, und immer wieder schob sich Fitti Reiter in seiner Badewanne sozusagen zwischen mich und die Realität, und erst als Canossa ungeduldig an der Leine zu zerren begann – was sie sonst nie macht –, fiel mir auf, daß wir ja schon am ehemaligen Grenzstreifen angelangt waren, wo ich sie immer laufen und schnüffeln und nach Stöckchen suchen ließ.

Ich tat ihr also den Willen und wurde dabei selbst auch ein bißchen munterer. Als sie sich müde getobt hatte, gingen wir weiter Richtung Großer Stern, und ich bin mir wirklich nicht sicher, ob es an mir oder an dem lag.

Wie gesagt, ich war mit meinen Gedanken weitgehend woanders. Aber das der ein besonders rücksichtsvoller Fahrer war, konnte man auch nicht gerade behaupten.

Wir gingen über die Straße, und er sauste um die Ecke. Ich kann mir nicht vorstellen, daß das Tempo im Stadtverkehr erlaubt ist.

Jedenfalls, er mußte bremsen wie ein Weltmeister, sonst hätte ich ihm auf der Kühlerhaube gesessen. Zum Glück hatte ich Canossa nicht an der Leine, sondern sie lief frei bei Fuß und konnte als vigilantes Mädchen, das sie war, schneller zurückspringen, als ihr schusseliges Frauchen reagierte.

Die Karre stand quer, ich schnappte nach Luft, das Fenster ging runter, und ich machte mich schon auf die übliche Schimpfkanonade nach dem Motto: »Angriff ist die beste Verteidigung« gefaßt. Aber dann passierte das Komische. Das Fenster ging wieder hoch, der Fahrer brachte seine Chaise wieder in die Spur, und ab ging's, ohne die geringsten Verbalinjurien. Nicht mal den Vogel hatte mir der Typ gezeigt.

Eigentlich hätte ich froh sein können, daß alles so abgegangen war. Aber uneigentlich war ich wütend. Wütend auf mich und auf den und auf alle Welt, nur nicht auf Canossa, obwohl ich die jetzt anschrie und sagte: »Bei Fuß, Canossa! Spinnst du? Was machst du denn da?« Dabei hatte sie genau das Richtige gemacht.

Während sie sich mit angelegten Ohren anleinen ließ und schuldbewußt tat, obwohl sie nicht wußte, warum, hatte ich ein merkwürdiges Gefühl. Irgendwas stimmte da nicht.

Und dann setzte ich mich auf die nächste Bank, so absurd das auch war zu dieser Jahreszeit, streckte die Beine von mir und schloß die Augen.

Der Wagen war nämlich ein großer, dunkelblauer Mercedes gewesen. Und auf dem Beifahrersitz hatte ich einen blonden Schopf und ein blasses, ängstliches Gesicht gesehen. Wenn das nicht mein Untermieter Jonas Frohgemuth war, will ich Marilyn Monroe sein.

Ich kann nicht behaupten, daß dieser Vorfall half, die dunklen Wolken meines Gemüts aufzuklären. Weniger gehoben ausgedruckt, ich fühlte mich total am Boden.

Am Brandenburger Tor guckte ich mich ein bißchen bei den Händlern um.

Der Appetit war mir zwar vergangen, aber ich habe die Erfahrung gemacht, daß man sich irgendwas Gutes antun soll, wenn man sich schlecht fühlt. Das hebt die Stimmung. Warum nicht so einen Samowar erstehen oder eine Offiziersuhr an silberner Kette, schön mit bunten Intarsien verziert, oder einen Kompaß – den brauchte ich jetzt, um mich in der Wirklichkeit zurechtzufinden.

Die Händler, diese Armenier oder Kirgisen mit ihren blitzenden dunklen Augen und den großen Schnurrbärten, machten mir eifrig Angebote, als sie merkten, daß ich interessiert war. Hanne Brandt behauptet zwar, wenn man hier eine Pelzmütze kauft, kriegt man als Draufgabe noch einen Panzer, falls man Bedarf daran hat, und ich war echt in der Stimmung, wenn schon nicht für einen Panzer, so doch für eine Kalaschnikow, aber mir schlug man dergleichen nicht vor, und ich handelte eine mit Hammer und Sichel verzierte Uhr von dreißig auf zwanzig Mark herunter.

»Schöner Hund, ja?« sagte der Verkäufer. »Starker Hund.«

Der neben ihm Stehende rief ihm etwas zu, wobei er auf Canossa zeigte. Nach einem kleinen Wortwechsel beugte sich mein Uhrenmann verschwörerisch zu mir herüber und tuschelte: »Hund verkaufen?«

Mir blieb die Spucke weg. Fing das hier auch schon an?

»Ich denke nicht dran!« rief ich wütend.

Der Händler öffnete sein Jeansjackett und zeigte mir seine erstaunlich gut gefüllte Brieftasche. »Viel Geld!« sagte er lockend.

Mir reichte es. Ich griff meine Uhr und machte, daß ich zum Hunderter Bus kam. Der Spaziergang war mir gründlich verleidet.

Möglich, daß das alles nur Zufälle waren. Aber Leichen in Badewannen machen einen ungeheuer mißtrauisch gegenüber Zufällen.

Zu Haus fütterte ich meinen Hund und begnügte mich selbst mit einer Butterschnitte und einem Kaffee. Das schöne Wetter war vorbei, und die Natur forderte ihr Recht. Irgendwann muß der Mensch mal schlafen. Und der Hund sowieso. Ich legte mich aufs Sofa, mummelte mich in meine Wolldecke und war so schnell weg, daß ich nicht mal Canossa schnarchen hörte.

25

Ich fuhr auf wie von der Tarantel gestochen.

Im halbdunklen Zimmer standen vor meiner Couch zwei Gestalten. Und Canossa hatte nicht mal angeschlagen. Oder hatte ich sie überhört? Dafür schrie ich. Ich schrie wie am Spieß, bis mir die eine der Gestalten die Hand auf die Schulter legte und sagte: »So beruhige dich doch, Mom. Keiner wollte dich erschrecken.«

Ich schnappte nach Luft.

»Wie kommst du hier rein, Torsten?«

»Der da hat doch einen Schlüssel«, sagte er, und aus der Dämmerung kam eine klägliche, aber mir gleichwohl bekannte Stimme: »'n Abend, Frau Quade. Entschuldigung, wir dachten nicht...«

Es war Jonas.

Canossa umwedelte freundlich beider Beine. Daß sie bei Jonas inzwischen manchmal nicht anschlug, okay. Aber Torsten hatte sie doch erst einmal gesehen? Dann merkte ich, daß sie sich die Schnauze leckte. Verfressene Töle.

Ich machte Licht. Mein Herz ging wie ein Schmiedehammer. Am liebsten hätte ich sie alle beide zum Teufel gejagt.

»Ist das 'ne Art, eine alte Frau zu erschrecken?« sagte ich wütend. »Mit all den Leichen und unheimlichen Vorfällen – da werden selbst die besten Nerven mal so dünn wie Zwirnsfäden. Und was soll dieser Besuch zu zweien? Was haben Sie hier bei mir zu suchen, Jonas? Obwohl ich mit Ihnen mehr als ein Hühnchen zu rupfen habe.«

»Das hab ich mir gedacht«, sagte Torsten beschwichtigend, »und darum habe ich ihn gleich mitgebracht. Aber erst mal trinken wir einen Schluck auf den Schreck.«

Damit zauberte er eine Flasche von eben jenem Champagner hervor, der mir in der Hotelbar so gut geschmeckt hatte. Ohne sich auch nur umzusehen, ging er zu dem Schrank mit den Gläsern – klar, der stand noch da, wo er ihn damals verlassen hatte; aber mit welcher Selbstverständlichkeit er von dieser Wohnung Besitz ergriff, als wäre er nie weg gewesen, das war ziemlich cool, wie man heutzutage sagt. Es gab eben keine Lage, der Torsten Quade nicht gewachsen schien.

Genauso selbstverständlich spielte er den Gastgeber.

»Setzen Sie sich doch!« forderte er Jonas auf und entkorkte fachmännisch die Flasche.

»Für mich nicht«, murmelte Jonas, aber mein Sohn ließ ihn gar nicht erst weiter ausholen.

»Erzählen Sie nichts, Frohgemuth«, sagte er gebieterisch. »Ein Glas Schampus ist genau das, was Sie jetzt brauchen. Das wird Ihre Lebensgeister anregen. Du, Mom, hast ja sowieso nichts dagegen. Und dann werde ich die Lösung des Rätsels präsentieren. Alles ist im Lot.«

»Na, da bin ich aber gespannt«, brummte ich grimmig und setzte mich in meiner Sofaecke zurecht.

Canossa faßte diese Geste als Aufforderung auf, hopste hoch und machte es sich neben mir bequem, was mir sehr recht war. So mußte Torsten in den Sessel, und ich konnte ihn beobachten. Er hatte das Licht genau auf dem Gesicht, und obwohl ihm das nicht so zu behagen schien, überspielte er auch das.

»Alles hängt mit ihr hier zusammen«, begann er und deutete auf meine Hündin, »aber das kannst du dir ja bestimmt denken. Canossa hieß, bevor sie zu dir kam, Senta von der Tüftenkuhle«, mein Mädchen spitzte für einen Moment die Ohren, um dann in Desinteresse zurückzufallen, »und arbeitete bei den Grenztruppen der DDR, genauer, auf dem Flughafen, als Drogenspürhund. Das Beste, was die je an Hunden hatten.«

Torsten nahm einen Schluck, und ich hakte ein: »Das kann schon gar nicht stimmen. Canossa ist kein Rassehund. Nur Rassehunde haben solche Stammbaum-Namen. Das hier ist 'n netter Mischling.«

»Du lenkst vom Wesentlichen ab«, sagte mein Sohn mißbilligend. »Aber du hast recht. Sie ist ein Mischling. Aber weil sie in der Ausbildung so irrsinnig begabt war und die bei der Grenze nun mal partout Rassehunde wollten, haben sie so 'n Ding gefälscht. Tüftenkuhle ist ja auch bloß ein Witz. Das ist Plattdeutsch und heißt Kartoffelkute.«

Ich mußte innerlich grinsen. Also hatte sich Canossa ihren Eintritt in die bewaffneten Organe der DDR-Grenzschützer mit einem gefälschten Paß erschlichen. Ein hübscher Anfang für eine Karriere.

Indessen fuhr Torsten fort: »Als dann die Wende kam, hatte man für Grenzer und Zoll keine Verwendung mehr. Für Hunde schon, aber nur, wenn sie besonders scharf waren, und das war sie nicht. Sie war nur einsame Klasse im Drogenschnüffeln. Aber für ihre Vergangenheit interessierte sich keiner. Nur für ihr Alter. Und so musterte sie ab.

Das heißt, ihr alter Hundeführer, der auch den Dienst quittieren durfte, behielt sie erst mal. Er mochte sie. Die beiden verstanden sich. Nun ging ja so zwischen Wende und Wiedervereinigung alles ein bißchen durcheinander. Manches verlor sich sozusagen unterwegs, und pfiffige Köpfe, die sich aufs Geschäft verstanden, hatten jetzt ihre große Chance.«

»So wie Torsten Quade«, bemerkte ich ahnungsvoll.

Er lächelte geschmeichelt. »So wie Torsten Quade«, bestätigte er. Wer in dieser Zeit nicht die Gelegenheit beim Schopf packte, war entweder ein Narr oder ein Dummkopf. – Wie gesagt, es gab in den Lagern der ehemaligen NVA und in den Depots des Zolls einige Reserven, deren Katalogisierung niemals vorgenommen wurde.«

»Du meinst, sie wurden geklaut.«

»Mom, so würde ich das nicht formulieren. Sie waren auf einmal ohne Besitzer, und energische, weitblickende Leute nahmen sich des herrenlosen Gutes an.«

Mir wurde kalt bei seinem Geschwafel, aber ich hielt mich zurück.

»Wie gesagt, Leute die das Know-how und die nötige Übersicht hatten, gründeten ihre Existenz.«

Mir ging sein »Wie gesagt« wirklich mächtig auf die Nerven.

»Es gelang ihnen, mit ihrem Pfund zu wuchern.«

»Woher weißt du das alles?«

»Einige dieser Leute wurden zu meinen Geschäftspartnern. Du weißt ja, daß ich Import-Export betreibe, Ostkontakte.«

Ich mußte erst mal einen Schluck von dem Champagner nehmen.

»Also im Klartext heißt das: Ein paar ehemalige Offiziere und dergleichen Leute fingen an, mit Waffen und mit Drogen zu handeln, und du hast da mitgemischt.«

»Erzähl nicht solchen Unsinn, Mutter!« sagte er scharf. Auf einmal nicht mehr Mom und nicht mehr Mama, sondern Mutter.« Ich bin ein seriöser Geschäftsmann. In meinen Büchern wird man nichts, aber auch gar nichts finden, was die Grenzen der Legalität sprengt. Aber Bargeld ist im Osten rar, das dürftest du ja wohl wissen. Und so geht es meist um Kompensationsgeschäfte. Eine Ware wird gegen die andere ausgetauscht, geht in die Hände dessen über, der mit ihr Profit machen kann. So ist das nun mal in der Wirtschaft. Und so blieb es nicht aus, daß ich zu gewissen Kreisen Kontakt aufnahm und dies und jenes erfuhr.

Außerdem finde ich es ausgesprochen unfair von dir, mich zu attackieren. Schließlich bin ich hier, um dir zu helfen, und ich habe dir geholfen, wie du gleich erfahren wirst. Diese Vorgeschichte erzähle ich nur zum besseren Verständnis der Vorgänge.«

Seine dunklen Augen blitzten ärgerlich, er war ganz empörte Unschuld. Aber ich, seine Mutter, sah etwas anderes: Sein Kehlkopf bewegte sich krampfhaft auf und ab. So war das immer gewesen, wenn er was ausgefressen hatte und es nicht zugeben wollte.

Torsten fuhr fort: »Nun weiß ja jeder, daß diese Gruppen, mit denen ich, wie gesagt, nur ganz am Rande Verbindung hatte, oft gewisse Rivalitäten untereinander austragen.«

»Bandenkriege zwischen Mafia-Gangs«, zitierte ich Hanne Brandt.

»Du kannst es so nennen«, sagte er widerstrebend.

»Diese Rivalitäten werden freilich häufig mit Mitteln ausgetragen, von denen ein seriöser Geschäftsmann sich fernhält. Zwei dieser Gruppierungen konkurrierten in der gleichen Branche, und so war es nur natürlich, daß die eine die andere ausschalten wollte. Und in dieser Situation entsann sich die eine Front des so überaus begabten Hundes Senta. Wenn man so ein Tier hatte, hätte man quasi eine Wunderwaffe, mit deren Hilfe man die Lager und Vorräte aufs genaueste orten, die Verstecke aufspüren und entweder vernichten oder dem eigenen Warenlager einverleiben konnte.«

Ich bewunderte immer mehr die vielen Möglichkeiten, die mein Sohn fand, um Raub und Diebstahl, Hehlerei und Bandenkampf elegant zu umschreiben.

»Die Hündin wurde gefunden. Ihr alter Hundeführer wollte sich zunächst nicht von ihr trennen. Aber Bargeld lacht, wie wir alle wissen. So geriet deine Canossa in jene Hände und tat dort ihre Arbeit – bis zu dem Zeitpunkt, als sie zur Gegenseite überwechselte.«

»Was soll das nun wieder heißen: Sie wechselte über?«

Torsten lächelte. »Na, bei Agenten würde man sagen: Sie wurde umgedreht.«

»Blödsinn«, sagte ich wütend. »Als wenn sie sich zu was entschieden hätte! Sie wurde nur benutzt. Sag doch, daß sie geklaut wurde oder von einem Überläufer verkauft.«

Ich hätte gern noch weiter räsoniert, aber dann bemerkte ich etwas, wodurch mir die Worte im Hals steckenblieben. Canossa hatte ihre Schnauze auf die Armlehne der Couch gelegt. Torsten saß so, daß sein Arm über die Seite seines Sessels hing. Und jetzt sah ich, daß er das machte, was er auch schon im Hotel getan hatte, er kraulte sie verstohlen und hingebungsvoll.

»Darf ich weiterreden?« fragte er. »Oder willst du immer bloß deinen Senf dazugeben?«

Ich sah ihm an, daß er zwar wütend war, aber daß ihm meine realistischen Kommentare doch irgendwie gefielen.

»Wie gesagt«, fuhr er mit seiner Lieblingsformel fort, »sie war nun auf der anderen Seite. Nur, daß das der anderen Seite nicht mehr viel nützte. Die Gegengruppe flog auf, oder ein Teil von ihr flog auf. Derjenige, der jetzt für den Hund verantwortlich war, sollte sie eigentlich ins Ausland transferieren, damit sie nützliche Arbeit bei der – hm – Leitfirma leisten konnte. Aber irgendwie bekam er kalte Füße. Jedenfalls fehlte von ihm jede Spur, und von Senta – oder Canossa – auch. Man nahm an, er habe sich mit ihr selbständig gemacht. Daß er sie einfach im Tierheim abgeladen hatte, ahnte keiner. Und der verrückteste Zufall wollte es dann, daß sie ausgerechnet bei dir, bei meiner Mutter, wieder auftauchen sollte. Glaub mir, ich hatte beträchtlich zu tun, um klarzustellen, daß die Quade-Holding Düsseldorf zwar mit dir verwandt ist, aber über die Hündin keinerlei Konnex bestand.«

Er lachte. Jetzt murkelte er Canossa ganz offen an Hals und Ohren, und sie genoß das und kuschelte den dicken Kopf in seine Hand.

»Aber wie ist es herausgekommen?« wollte ich wissen.

»Was? Daß du den Hund hattest? Du wohnst nun mal in dieser Gegend, und die Dame hier ist nun mal unverkennbar. Es konnte nicht ausbleiben. Dann war es herum wie ein Lauffeuer.«

»Und von wo hat sie das lahme Bein? Wer war dieser Rohling?«

Torsten zuckte die Schultern. »Das weiß keiner. Es ist eben zwischenzeitlich passiert. So besonders fein sind die nicht in ihren Methoden.«

Wir schwiegen.

Torsten kraulte Canossa, Jonas saß im Halbdunkel und hielt sein Champagnerglas in den Händen, und ich sah vor mich hin.

In meinem Kopf drehte sich alles. Dann raffte ich mich auf.

»So weit, so schlecht. Aber das erklärt doch überhaupt nichts. Wenn sie den Hund wiederhaben wollen, werden sie nicht lockerlassen. Wieso meinst du, die Gefahr ist vorbei? Und was ist mit Jonas? Und mit Reiter?«

»Geduld, Mom. Eins nach dem anderen. Wir kommen gleich zum Eigentlichen. Weißt du, die Gruppe zwo – ich sage jetzt mal einfach Gruppe zwo zu denen, die Canossa zuletzt hatten –, also die Gruppe zwo hatte nun zwar einen Außenposten eingebüßt. Aber der harte Kein saß ja woanders, und von daher rekrutierte sich neues Material. Das dauerte seine Zeit, und außerdem muß man auch sagen, daß diese Leute im Umgang mit Hunden ganz eigene Vorstellungen entwickeln. Also eigentlich haben sie Angst. Der deutsche Schäferhund oder der Mastiff oder die Bulldogge, das sind für sie alles furchteinflößende Bestien, die man zwar nutzen kann wie eine Waffe, wenn man sie sich gefügig macht, aber vor denen man auch ziemlichen Respekt hat. Weißt du, Mom, die kommen ja fast alle aus einem Milieu, auf das man eben die Hunde losließ – falls du verstehst, was ich meine.«

»Ich versteh dich ganz genau«, erwiderte ich und war mal wieder beeindruckt davon, wie präzis mein Sohn sein konnte und was er wußte. Na ja, wenigstens das sollte man ihm vielleicht zugestehen, daß er sich auskannte.

»Also brauchte es eine ziemliche Zeit, bis man sich überhaupt an das Tier rantraute. Erst als man sah, daß jemand wie Frohgemuth mit ihm Gassi ging und sie ihm folgte wie ein Lamm, setzten sie zum Angriff an.«

»Gruppe zwo oder Gruppe eins?« fragte ich.

»Haben wollten sie sie ja beide. Und beide bemühten sich, soviel ich weiß.«

»Diejenigen, die Jonas angequatscht hatten?«

»Das war Gruppe eins. Als sie erfuhren, daß Gruppe zwo wieder aktiv ist und daß die Hündin aufgetaucht war, wurden sie nervös.«

»Und das Gesindel an meiner Tür?«

»Das war Gruppe zwo. Zur Gruppe zwo gehörte auch der Mann mit dem Koffer, den Canossa auf dem Alex stellte.«

»Du bist ja bestens informiert«, sagte ich – eine Bemerkung, die ich mir hätte sparen können. »Dann gehörte also der Typ im zimtfarbenen Mantel zur Gruppe eins.«

»Über die Farbe seiner Garderobe bin ich nicht informiert, Mom. Aber wenn es der war, der mit dir eine Absprache treffen wollte, dann hast du recht.«

»Absprache? Der Bursche hat mir irgendwas zugezischt, aber was er gesagt hat, das habe ich nicht verstanden.«

Mein Sohn sah mich einen Augenblick lang starr an. Dann versenkte er sein Gesicht im Sektglas, und es war eindeutig, daß er sich ein Lachen verbiß.

»Ja natürlich, deine Ohren. Wir haben – ich meine, man hat sich den Kopf darüber zerbrochen, warum du nicht reagiert hast.«

»Was zum Teufel hat man denn von mir gewollt?«

Torsten winkte ab.

»Ein Mißverständnis, nichts als ein Mißverständnis. Es zu klären, würde zu weit führen. Man hatte Canossas Angriff auf den Mann von Gruppe zwo für eine von dir beabsichtigte Aktion interpretiert und wollte dich sozusagen – nun ja, integrieren.«

»Mich als Kollaborateurin einer Drogendealerbande? Das schlägt ja wohl dem Faß den Boden aus!«

Ich war aufgesprungen, was auch meine Hündin sofort bewog, vom Sofa zu hopsen und sich erwartungsvoll vor mich zu stellen. Sie wedelte aufgeregt, weil sie merkte, daß ich aufgeregt war.

»Setzt euch doch beide wieder«, sagte Torsten. Er grinste immer noch. »Ich kann dir nicht verschweigen, Mama, daß ich auch einen Moment irritiert war, als ich von den gelben Rosen hörte, die man dir geschickt hat. Es gibt da so Symbole, weißt du. Aber der Umschlag, den du mir mitbrachtest, klärte ja dann alles auf.«

»Der war für dich?«

»Eigentlich nicht. Aber es war besser, daß ich ihn bekam und nicht du. Sonst hättest du dich vielleicht noch mehr aufgeregt als jetzt.«

Ich hätte ihn am liebsten rausgeschmissen. Ich war so wütend! Aber bis jetzt wußte ich immer noch nicht, was mit Frithjof war. Ich versuchte, mich zu beruhigen.

Torsten kriegte meine Stimmung natürlich mit.

»Mutter«, sagte er. »Versuch bitte zu begreifen. Ich habe mit diesen ganzen Dingen nur höchst mittelbar zu tun, deshalb muß ich so vorsichtig sein. Schließlich habe ich ein Image zu verlieren. Daß der Name Quade in dieser Sache auftauchte, ist übel genug und einzig und allein dem dummen Zufall zu verdanken, daß du diesen Hund aus dem Tierheim holen mußtest.«

»Was für dich ein dummer Zufall ist, bedeutet für mich ein Glück«, sagte ich grimmig. »Dem eenen seen Uhl ist dem andern sein Nachtigall. Du willst mir erklären, daß du eine weiße Weste behalten hast? Na, fein für dich. Und ich renne hier weiter rum mit meinem Hundchen als tickende Zeitbombe an der Leine!«

»Ganz und gar nicht«, sagte er fest. »Die Sache ist bereinigt. Deswegen war ich ja hier. Du mußt dir um nichts mehr Sorgen machen.«

»Und daß man mich und Canossa heute mittag fast überfahren hat...«

»Das war nicht beabsichtigt!«

Es war das erste Mal, daß Jonas den Mund auftat.

»Frau Quade, ich schwöre Ihnen, das war auch Zufall! Reiner Zufall! Kein Mensch wußte, daß Sie mit Canossa da spazierengehen würden. Sie sind ganz unvorsichtig auf die Fahrbahn gelaufen, wenn ich das mal sagen darf, ja?«

»Was sind das für Sachen, wenn man fragen darf?« erkundigte sich mein Sohn in scharfem Ton.

Jonas sah ihn schmerzerfüllt an. »Es war ein Zufall, Herr Quade. Als man mich hierherfuhr, ich meine, zu Ihnen, ist uns um ein Haar Ihre Frau Mutter ins Auto gelaufen.«

»Und Sie hielten es nicht für der Mühe wert, mir das zu sagen?«

Jonas schnappte nach Luft. Auf seinen Wangen waren rote Flecken. Er tat mir direkt leid.

»Ich glaube ihm, Torsten«, sagte ich schnell. »Mir ist jetzt wirklich wichtiger zu erfahren, wie Jonas an deine – deine Geschäftspartner von Gruppe eins gekommen ist. Und vor allem, was ihr, er und du, mit Reiters Tod zu tun habt.«

Mein Sohn wollte etwas einwenden, aber ich wand mich brüsk ab.

»Ich möchte Jonas hören«, sagte ich, so freundlich es ging. Zugegeben, sehr freundlich ging es nicht.

Ohne nachzufragen, griff Jonas nach der Champagnerflasche und schenkte sich nach. Wie sich nachher herausstellte, hatte er, während mein Sohn seine Erklärungen abgab, still für sich hin gesoffen, um sich Mut machen. Als ich nämlich dann auch noch einen Schluck brauchte, war da nichts mehr.

»Frau Quade, ich muß mit einem privaten Geständnis anfangen«, sagte Jonas und guckte in seinen Schoß wie ein verschämtes Mädchen. »Ich bin schwul.«

»Na und?« sagte ich. »Meinen Sie, das stört mich? Ist das jetzt irgendwie relevant?«

»Leider ja. Es war nämlich, als ich Ihnen die Miete nicht bezahlen konnte ...«

»Was war da? Da wurden Sie schwul?«

»Nein. Das war ich schon vorher.«

»Also was war? Lassen Sie sich doch nicht jedes einzelne Wort wie Würmer aus der Nase ziehen!« sagte ich, schon wieder wütend.

»Sie wissen doch, wie es da zuging. Ich hab ja sogar versucht, Straßenmusik zu machen – aber da kam nicht viel rein. Und da hat mich ein Freund auf die Idee gebracht.«

»Welche Idee? Bei den Dealern einzusteigen?«

»Nein! Nein! Ich bin am Bahnhof Zoo auf den Strich gegangen.«

»Welche Enthüllungen!« sagte ich sarkastisch. »Ging's nicht etwas mehr in der Nähe?«

»Nein, die Szene ist doch da.«

Für meine Ironie hatte Jonas noch nie ein Ohr gehabt und in dieser Lage schon gar nicht.

Mein Sohn hatte zunehmend Zeichen von Ungeduld gezeigt. Jetzt ergriff er das Wort.

»Langer Rede kurzer Sinn ist, daß Jonas von ein paar Leuten, die herausgefunden hatten, daß er bei dir wohnte, erpreßt wurde. Sie drohten, seine Sexgeschichten vom Schwulsein bis zum Jungenstrich seinem Vater zu stecken, und damit wäre er erledigt gewesen, enterbt, verstoßen aus dem trauten Vaterhaus, keine Liebe, kein Geld mehr fürs Studium.«

Diesmal hatte Jonas den Ton verstanden – es war ja auch dick genug.

»Sie sollten sich darüber nicht lustig machen, Herr Quade«, sagte er weinerlich.

»Tu ich das? Verzeihung. jedenfalls war also unser Herr Frohgemuth unter Druck. Aber da er so ein guter Kerl ist, wollte er seiner lieben Zimmerwirtin durch die Blume zu verstehen geben, daß man ihm was wollte. Vielleicht würde sie dann ihren Hund opfern. Darum ließ er sich im Keller das leichte Ding verpassen. Alles abgekartet. Bloß, daß es nichts einbrachte. Dir den Hund zu klauen, dazu war er zu feige, und es gab ja dann auch keine Gelegenheit mehr, nachdem du sie ihm nicht mehr anvertrautest. Aber nun hatten sie ihn einmal in der Mache – nun sollte auch was rausspringen.«

»Moment mal«, unterbrach ich. »Wer sind ›sie‹? Deine noblen Freunde von Gruppe eins?«

»Wie oft soll ich dir noch sagen, Mutter, daß das nicht meine Freunde sind! Es sind im strengen Sinne auch nicht meine Geschäftspartner. Es sind Kontaktpersonen, weiter nichts.«

»Gut. Und sind es nun diese Kontaktpersonen?«

Da mir niemand eine Antwort gab, war meine Frage beantwortet.

»Also weiter! Was sprang aus Jonas raus?«

»Nichts als Ärger«, sagte mein Sohn zynisch. »Herr Frohgemuth ist wirklich zu gar nichts zu gebrauchen. Er ist nicht nur feige, sondern auch noch schwatzhaft. Er eignete sich weder zur Hundebeschaffung noch als Kurier und schon gar nicht als Dealer, weil er sich einfach nichts traute.«

Jetzt begehrte Jonas auf.

»Ich traute mich nicht, weil ich mich nicht trauen wollte! Und daß ich mich in meiner Not jemandem zuwandte, das muß man doch verstehen! Ich fühlte mich so elend, und...« Er brach ab und verbarg das Gesicht in den Händen.

»Ja«, sagte Torsten ohne jedes Erbarmen. »Und dieser jemand mußte ausgerechnet Frithjof Reiter sein.«

»Wie um Gottes willen sind Sie an Frithjof gekommen, Jonas?«

»Ich bin nicht an ihn gekommen. Er kam zu mir.«

»Ich verstehe überhaupt nichts.«

»Der stille Herr Reiter, Mom – das kannst du ja nun nicht wissen –, war auch nach seiner Haftentlassung weiter mit der Szene bemengt.«

»Mit was für einer Szene?«

»Du bist doch sonst nicht so begriffsstutzig, Mama. Die, über die wir die ganze Zeit reden. Oder hast du angenommen, man hätte den Herrn Diplomaten damals eingeknastet, weil er eine Staude Bananen im Gepäck hatte, die nicht auf seiner Zollerklärung stand?«

»Frithjof ist verurteilt worden, weil ihm jemand ohne sein Wissen Gold ins Gepäck geschmuggelt hatte!« sagte ich empört.

Mein Sohn sah mich belustigt an. »So? Ist das seine Variante gewesen? Nun, um Schmuggel handelte es sich schon, aber ganz gewiß nicht ohne sein Wissen und auch nicht um Gold, höchstens um etwas, das Gold wert war. Du kannst mir glauben, Mom. Reiter gehörte zur Szene wie nur einer. Während der DDR-Zeit ruhte das Geschäft, aber gewisse Kontakte auf dem beliebten diplomatischen Wege rissen nie ab. Und als nach der Wende der große Boom einsetzte, war der altgediente Mitstreiter wieder mit von der Partie, dessen kannst du sicher sein.«

»Aber«, sagte ich mühsam, »woher wußte er denn, daß Jonas...« Ich fühlte mich wie betäubt.

»Das hast du ihm selbst gesagt. Als du ihm erzählt hast, was mit Jonas und Canossa los ist, fing er an, eins und eins zusammenzuzählen. Und ging zu ihm, um ihm zu ›helfen‹. Und Jonas schwätzte und schwätzte. Ich brauche dir wohl nicht zu erzählen, daß die Kontakte, die Reiter hatte, sich auf die Gruppe zwei bezogen, welche nun verschwenderisch mit Informationen über Gruppe eins versorgt wurde. Besser konnte es gar nicht kommen. Reiter brauchte das Material nur noch höchst legalen Stellen zuzuspielen, wie dem Rauschgiftdezernat, und die Konkurrenz flog auf wie eine Tretmine. Das wurde verhindert, wie du weißt.«

»Und du ...«

»Sachte, Mama, sachte. Mit dergleichen habe ich nichts, aber überhaupt nichts zu schaffen. Meine Rolle in diesem ganzen Durcheinander ist höchstens die eines Schlichters und Mittlers. Und soviel kann ich dir sagen: Ohne mich wäre es zweifelhaft, daß Herr Frohgemuth uns mit heiler Haut, wenn auch seelisch etwas lädiert, gegenübersitzen könnte. Zum Glück war er nach seinen Bekenntnissen erst einmal abgetaucht und wurde jetzt wieder aufgefunden. Man ist bereit, mir zu glauben, daß ihm der Schreck so sehr in den Knochen sitzt wie eine Pistolenkugel und er sich eher die Zunge abbeißen würde, als zu plaudern. Daß er fürs Geschäft untauglich ist, hat man bereits erkannt.«

Torsten sah auf die Uhr. »Ich denke, das wär's. Wie gesagt, Mom. Du mußt dir keine Sorgen mehr machen. Die Sache ist aus der Welt. Das Interesse an deinem Hund vorbei, die Fronten geklärt. Von mir, unter anderem. Hast du noch Fragen?«

»Ja«, sagte ich matt. »Was springt für dich dabei heraus?«

Er lächelte. »Ach, Mom – das ist ein weites Feld. Sagen wir mal: eine gewisse Geschäftsberuhigung.«

Ich hätte ihn liebend gern rausgeschmissen, aber er stand von allein auf. »Entschuldigung, meine Zeit ist bemessen. Ich lasse dir dies Häufchen Unglück hier – das beste wäre sicher, wenn er seine – hm – Studien woanders als in Berlin fortsetzen könnte. Zu seiner eigenen Sicherheit.«

Er machte keinen Versuch, mir die Hand zu geben. Wahrscheinlich kannte er mich denn doch gut genug, um zu wissen, daß ich sie nicht genommen hätte. Statt dessen kraulte er Canossa noch einmal am Nacken. Sehr liebevoll.

Dann war er weg.

»Darf ich noch ein bißchen sitzenbleiben?« fragte Jonas.

Ich nickte. Zu denken, daß das alles damit angefangen hatte, daß ich ihm vorgeschlagen hatte, auf irgendeine andere Art und Weise meine Miete zu beschaffen ...

»Muß ich jetzt ausziehen?«

Ich schreckte aus meinen Gedanken auf.

»Bleiben Sie, solange Sie wollen und solange Sie sich sicher fühlen«, sagte ich. »Übrigens – wer sind Karl und Rosa?«

Er sah mich mit weit aufgerissenen Augen an.

»Woher wissen Sie?«

»Sie waren hier und suchten was«, entgegnete ich.

Jonas sank in sich zusammen. »Ach du liebe Güte«, murmelte er.

»Ich nehme aber an, daß die verschlossene Kommodenschublade da schon leer war.«

»Ja, sie war leer. Aber wieso ...«, er vollendete seinen Satz nicht.

»Jonas, ich habe den besten aller Drogensuchhunde im Haus. Als ich die beiden in Ihr Zimmer ließ, wo sie sich angeblich nach Noten umguckten, war Canossa von der Schublade gar nicht wegzukriegen, auch noch, nachdem sie, wie Sie sagen, leer war.«

»Die beiden wollten mir helfen«, sagte er.

Ich antwortete nicht. Meine Gedanken waren weit fort.

Es fiel mir schwer zu begreifen, daß der gleiche Mensch, der so liebevoll meine Hündin kraulte, mit Leuten zu schaffen hatte, die alte Männer in ihren eigenen Badewannen ertränken – ganz gleich, was diese nun getan oder gelassen hatten.

»Darf ich das Licht ausmachen?« fragte Jonas leise.

Ich nickte.

Wir saßen beide still im Dunkel. Dann hörte ich, daß er schluchzte. Ich stand auf, ging zu ihm und nahm ihn in den Arm.

Draußen auf dem Hof ging die Beleuchtung an und ließ die Zweige der Birke bei den Mülltonnen als schöne Silhouetten vor der Hauswand erscheinen.

Ricci Deichfus, den Pferdeschwanz mit einer propellergroßen Kleinmädchenschleife geschmückt und in jeder Hinsicht landfein gemacht, trippelte vorüber, bereit zum Ausgehen.

26

Was mir am wichtigsten schien, war der Besuch bei der kleinen Tierärztin. Aber eigentlich wollte ich nicht in ihre Praxis gehen, sondern mich privat mit ihr treffen. Also rief ich an, nachdem es mir gelungen war, eine funktionierende Telefonzelle aufzutreiben.

Tierarzthelferin Claudia war an der Strippe und plapperte gleich drauflos.

»Hach, Frau Quade, wir haben ja schon auf Sie gewartet! Ist ja 'ne aufregende Geschichte mit der Leiche bei Ihnen im Haus, die Sie entdeckt haben! – Woher ick det weeß? Na, so was spricht sich doch rum, und bei der Kundschaft, die wir haben, allemal. – Nee, Frau Doktor hat ja auch schon geäußert, daß sie Sie lieber außerhalb der Sprechzeiten hier sehen möchte. Warten'se mal, ick frag gleich mal nach!«

Dann hörte ich sie durch die Praxis röhren: »Frau Doktor, die Quade is dran, Sie wissen schon, die mit dem lahmen Hund und dem Toten!«

Das war eine schöne Definition meiner Person: »die mit dem lahmen Hund und dem Toten.« Das konnte man sich auf der Zunge zergehen lassen.

Inzwischen schepperte Claudia: »Wat? Ja, ick frag ihr gleich mal. – Frau Quade? Sind Sie noch dran? Frau Doktor hat grade die Katze von Fjodorow auf 'm Tisch, die kann nicht weg. Ob es

Ihnen heute nachmittag paßt? – Ja? Prima. Na denn – Ihrem Hundchen geht's gut? – Fein. Tschau!«

Als ich die Zelle verließ, überlegte ich, wer Fjodorow war. Offenbar setzte Claudia voraus, daß ich ihn kennen müßte. Ich kannte ihn auch tatsächlich. Mir fiel ein, daß das der russische Botschafter war, ein Mann, der eine Zeitlang mit Gorbatschow in einem Atemzug als Reformer genannt wurde. Frau Doktor hatte wirklich ein faszinierendes Spektrum an Klienten.

Die meisten Leute aus meiner Straße und Umgebung glotzten mich und Canossa an, als wenn wir im Panoptikum ausgestellt würden, aber die wenigsten grüßten. Langsam hatte ich die Nase voll von dieser Art Berühmtheit. Der Supermarkt in der Nähe war mir direkt verleidet, und ich beschloß, meine Einkäufe woanders zu machen. In der neuen Markthalle war es bequem, da konnte ich meine Hündin mit reinnehmen, solange ich an die Stände ging. Viel brauchte ich ja nicht.

Die neue Markthalle war ohnehin was ganz Komisches. Aufmachung nach Wessi-Schicki-Micki-Tour, aber die Kundschaft hatten sie nicht mit verändern können. Die war die alte geblieben.

Die flotten kleinen Bars und Sitzecken waren auch nichts anderes als jedes beliebige Glas-Bier-Geschäft im Viertel, wo man rauchend, schwadronierend und eine Molle nach der anderen kippend dem lieben Gott den Tag stahl. Ob all diese Kerle mit den länger nicht gewaschenen Jeans und diese Frauenzimmer mit den ausgewachsenen Dauerwellen und grau nachwachsenden Haaransätzen nun echt arbeitslos waren oder nach dem Grundsatz lebten: »Wer die Arbeit kennt und sich nicht drückt, der ist verrückt«, das kriegte ich nicht raus. Jedenfalls sah das Publikum um keinen Deut anders aus als das in der alten Markthalle. Und dies wieder war zu Vor- und Nachwendezeiten das gleiche.

Vorne an der Dönerbude standen die, die das flotte Tagesblättchen verkauften.

Das heißt, sie dachten gar nicht dran, es zu verkaufen.

Sie hatten ihre vollen Taschen neben sich abgestellt und kippten ihre Vormittagsbierchen. Die Pauschale, die sie kriegten, reichte dafür völlig aus. Am Verkauf des Blattes mußten sie nicht noch partizipieren.

Zu diesen Typen, die schon früher den harten Kern der Alexhalle gebildet hatten, gesellten sich noch diese und jene andere Kumpels, die sich mehr auf das Schnorren von 'ner Mark verlegten als auf so harte Arbeit, wie sich irgendwoher schwere Zeitungstaschen abzuholen.

Ich erledigte meine Einkäufe. Aber als ich auf dem Rückweg wieder an ihnen vorbeikam, lösten sich zwei Gestalten mit ihren Bierflaschen aus der Gruppe und folgten mir – mehr oder weniger schwankend.

Der eine hatte einen Kopfverband. Dem anderen hatte man die Hand, in der er seine Buddel hielt, dick umwickelt. Der Verband war durchgeblutet und starrte vor Dreck. Irgendwie kamen mir die beiden bekannt vor.

An der Ecke Münzstraße, Alte Schönhauser, wo eine Ampel ist, waren sie immer noch hinter mir. Sie benahmen sich wie die Bekloppten, bellten und jaulten und riefen »Miez, Miez«, um Canossa aus der Ruhe zu bringen.

Das interessierte mein Mädchen nun überhaupt nicht. Aber mich machte es irgendwie wuschig. Vielleicht, weil ich ohnehin mit den Nerven so runter war.

Wir hatten gerade Rot.

Ich drehte mich zu den beiden um – und da erkannte ich sie. Es waren die gleichen Typen, die in unserem Hausflur rumgehangen und sich dann in die Messerstecherei verwickelt hatten, bei der auch Bauhöffer was abbekam.

»Wenn ihr Penner nicht aufs Stichwort die Beine in die Hand nehmt, lasse ich den Hund auf euch los!« sagte ich.

Sicher sehr beeindruckend. Aber unglücklicherweise hatte der mit dem Kopfverband außer seiner Bierflasche noch was anderes in der Hand: eine halb abgenagte Hühnerkeule.

Canossa, die auf meinen Tonfall hin schon äußerst wachsam die Ohren hochgestellt hatte und in deren Kehle es grollte, veränderte ihr Verhalten völlig, als sie das leckere Freßchen witterte.

Sie wedelte freudig mit dem Schwanz, setzte sich erwartungsvoll vor den beiden hin und schaute zu ihnen auf, wobei ihr der Sabber aus der Schnauze lief.

Die Kerls brüllten vor Lachen.

Wütend überquerte ich die Fahrbahn, obwohl immer noch Rot war.

Natürlich wollten die beiden Suffköppe hinterher. Aber die Straßenbahn fuhr gerade an und sauste, wütend klingelnd, zwischen mir und denen durch.

Ich hörte die Kerls fluchen und keulte mit Canossa los, so schnell unser vorgerücktes Alter das erlaubte. So hängten wir sie ab.

Eigentlich war ich stinksauer auf meinen Hund, weil seine Freßgier ihn so außer Kontrolle brachte. Aber was soll man machen? Bestimmte Defekte sind eben nicht mehr zu reparieren.

27

Zur nachmittäglichen Stunde klingelte ich bei Frau Dr. Schtakowa-Finkelschtejn.

Die kleine Doktorin öffnete mir selbst.

Statt des weißen Kittels trug sie Jeans und einen riesigen grobgestrickten Pullover, in dem sie zu versinken schien. Claudia werkelte irgendwo an den Karteikarten herum und winkte uns einen jovialen Gruß zu.

»Kommen Sie, kommen Sie, ich habe Pause, und ich mache Tee«, sagte sie geschäftig. »Claudia, auch Tee?«

»Nee, Frau Doktor«, kam es zurück«, Sie wissen doch, daß ich mir nix aus dem Gelabber mache.«

Natalia lächelte und brachte mich und Canossa durch die Praxisräume in ihr Privates.

Ihre kleine Dalmatinerhündin wollte erst gegen den Besuch Canossas Einspruch erheben, aber ihre Herrin sagte was auf russisch zu ihr, und sie beruhigte sich, so daß Burgfrieden zwischen den beiden Damen herrschte.

Im Vergleich zu den Praxisräumen war der Lebensbereich der kleinen Doktorin recht spartanisch. Irgendwie machte es den Eindruck, als wenn sie eigentlich gar keine Zeit für ihr Privatleben hatte. Auf der Couch nicht mal ein Kissen oder eine Decke, an der Wand kein Bild oder Foto, auf der Auslegware kein Teppich zusätzlich. Fernseher und ein paar Bücher in kyrillischer Schrift, ein kleines Radio – das mußte offenbar ausreichen für die paar Stunden am Tag, die sie für sich hatte.

Der Tee war stark, und es war Earl Grey. Wie bei Frithjof. Ich konnte auf einmal die Tasse nicht zum Mund fahren, so zitterten meine Hände. Klirrend setzte ich die Schale zurück auf die Untertasse.

Natalia sah mich mitfühlend an.

»Sie haben Aufregendes erlebt, nicht wahr?« sagte sie. »Kommen Sie, trinken Sie Tee. Hat länger gezogen, ist also beruhigend.«

Ihr freundliches Lächeln gab mir ein bißchen Lebensmut zurück.

»Wer sich warum so für meinen Hund interessiert hat, das weiß ich inzwischen«, sagte ich und gab mir Mühe, die Tasse ruhig zu halten. »Das hat sich erübrigt.«

»Ja? Sagen Sie mal!« forderte Natalia.

Ich stellte die Sache so allgemein wie möglich dar, ohne natürlich etwas über meine Quellen zu verraten.

Während meiner Erzählung nickte die kleine Doktorin häufig bestätigend. Als ich zu Ende war, sah sie skeptisch in ihre Teetasse.

»Hoffen wir, daß es stimmt«, sagte sie und kraulte meine Canossa am Rücken. Ihre Dalmatinerin wackelte eifersüchtig mit dem Schwanz.

»Hoffen wir, daß nicht noch mehr dahintersteckt. So eine Veranstaltung, nur um an eine begabte Schnüfflerin zu kommen? Ich weiß nicht.«

»Was meinen Sie?« fragte ich beunruhigt.

Sie schüttelte den Kopf. »Ich habe keine Ahnung. Kennen Sie die Geschichte von dem Perserkönig, der eine Botschaft zu übersenden hatte? Nein? Es war Krieg, die Griechen standen vor der Stadt. Er mußte die Botschaft durch die feindlichen Reihen schaffen, Sie verstehen. Also ritzte er sie einem Sklaven in die Kopfhaut – waren etwas barbarische Zeiten damals, ja? – und sandte ihn mit der Nachricht ab: Bade den Sklaven und schere ihm den Kopf. – Empfänger tat das – und die Botschaft war da.«

»Und Canossa könnte Trägerin einer solchen Botschaft sein?«

»Ich weiß nicht«, wiederholte sie. »Vor allem weiß ich nicht, wo oder wie. Als ich sie untersucht habe, hab ich genau geguckt nach Tätowierungen. Da ist nichts außer ihrer alten Dienstnummer.«

Wir schwiegen eine Weile. Dann sagte sie: »Wollen wir hoffen, es ist nur eine fixe Idee von mir. Ja. Wollen wir es einfach annehmen. Aber ich habe noch eine andere Sache für Sie. Sind Sie okay? Nicht zu aufgeregt? Es geht um den gemeinsamen Bekannten, der jetzt tot ist.«

Ich fühlte, wie meine Hände kalt wurden.

»Bitte reden Sie«, sagte ich mit belegter Stimme. Ich hörte mich auf einmal an wie zugerostet.

Sie sah mich forschend an. »Schön ruhig bleiben.«

»Frau Doktor, ich bin für mein Alter eine kerngesunde Person, leide weder an Herzbeschwerden noch Hysterien, noch zu hohem Blutdruck oder...«

»Schon gut, schon gut.«

Sie stand auf und ging an ihren Schreibtisch, schloß eine Schublade auf und kam mit einem großen Umschlag zurück.

»Kennen Sie die Handschrift?« fragte sie.

Es waren Frithjof Reiters Schriftzüge.

Nun mußte ich mich doch an der Sessellehne festhalten.

»Sehen Sie«, sagte sie, »diesen Brief habe ich erhalten, bevor die Person, von der er stammt, tot war. Hier, Sie können gern lesen.«

Sie entnahm dem Kuvert einen Briefbogen des schönen, hauchdünnen Papiers, das Fitti, der Ästhet, so gern gemocht hatte.

Zögernd nahm ich das Blatt entgegen.

»Liebe kleine Natascha«, stand da, »durch jemanden, der mir sehr lieb und wert ist, habe ich erfahren, daß Du hier ganz in der Nähe lebst und arbeitest. Welch ein glücklicher Zufall. Ich hoffe, es geht Dir gut und Du hast den Teufelskreis verlassen können.

Bei mir sieht es so aus, als wenn das alte, schwer lastende Geröll, von dem ich glaubte, mich befreit zu haben, jetzt wie ein Steinschlag auf mich zukommt. Ich weiß nicht, ob ich entrinnen kann.

Wie heißt es doch immer: Die Vergangenheit holt einen ein. Alles kann so oder so gehen. Aber wie dem auch sei: Ich möchte nicht, daß bestimmte Dinge in die falschen Hände geraten. Natürlich könnte ich das alles verbrennen. Aber das wäre wohl eine zu einfache Lösung. So überlasse ich die Entscheidung über das, was Du hier erhältst, Dir, kleine Nadja, Deinem gesunden Menschenverstand und Deiner Klugheit, falls ich nicht mehr dazu komme, mich zu melden. Ich hoffe aber im Gegenteil, daß ich dies Material bald abholen kann und es, angereichert durch viele andere wertvolle Fakten, an die Stelle bringe, an die es gehört.

Ich bin kein sehr mutiger Mann, und an meiner Ruhe ist mir gelegen. Alles braucht seine Zeit.

Es umarmt Dich Dein Onkelchen Frithjof.«

Ich hatte zu Ende gelesen.

Natalia zog aus dem Umschlag ein schmales, in braunes Leder gebundenes Diarium hervor, eines jener Dinger, in denen Frithjof seine sogenannten Tagebuchaufzeichnungen niederzuschreiben pflegte.

»Sie kennen das?«

Ich nickte stumm.

»Ich habe mir gleich gedacht, daß die Person, von der er da schreibt, nur Sie sein können, Frau Quade. Sie wissen vielleicht, um was es geht, ungefähr?«

Wieder konnte ich nur nicken.

Die Ärztin goß uns umständlich frischen Tee ein. Neben uns, zu unseren Füßen, hatten sich die Hunde schlafen gelegt.

»Mein Vater und Frithjof Reiter waren im diplomatischen Dienst im gleichen Land – da lernte ich ihn kennen: ein kleines Mädchen, das Onkelchen zu ihm sagte.

Er und mein Vater – sie kamen beide aus Mangelgesellschaften. Sie waren ehrgeizig. Sie waren verführbar. Da gab es diese verlockenden Dinge. Sie machten zuerst Geschäfte am Rande der Legalität – Sachen, die sich mit dem Status als Diplomaten nicht vereinbaren ließen. Der Übergang zum wirklichen Verbrechen war fließend. Hier ein Füßchen, da ein Füßchen.

Mein Vater wurde in der Sowjetunion noch viel härter bestraft als Frithjof Reiter hier. Aber er hatte Freunde, und er war bereit, da weiterzumachen, wo er aufgehört hatte. Er ist aus dem Arbeitslager sozusagen postwendend in die Reihen der russischen Mafia übergegangen. Es tut mir leid.

Meine Mutter und ich, wir hatten uns von ihm getrennt. Wir gingen unseren Weg. Ich studierte Veterinärmedizin. Daß sich mir so viele Türen öffneten, schrieb ich, dummes Ding, meiner Begabung zu. Dabei lag der große Schatten meines Vaters über allem. Für viele war er eine Art Held, und er wirkte weiter sogar in der Zeit, als er hinter Gittern war.

Meinen Mann – ich bin jetzt geschieden – hatte ich während des Studiums kennengelernt. Einen Deutschen. Ich ging nach dem Zusammenbruch der Sowjetunion mit ihm hierher. Wir trennten uns, ich blieb zurück, machte die Praxis auf.

Die ersten, die mit ihren Tieren in meine Sprechstunde kamen, waren die Vertreter des russischen Konsulats. Denn ich war Finkelschtejns Tochter. Da konnte ich bis ans Ende der Welt laufen.

In ihrem Gefolge kamen all die anderen merkwürdigen Gestalten zu mir, die Sie bei mir sehen: diese Zuhälter und so. Diese Hunde mit den Verletzungen.

Es gibt in dieser Stadt illegale Hundekämpfe, wo sehr, sehr hoch gewettet wird. Von der besten Gesellschaft. Irgendwer – ich habe keine Ahnung, wer – flickt die Überlebenden dann zusammen, provisorisch. Und dann kommen sie zu mir zur Nachbehandlung. Ich habe keine Ahnung, von gar nichts. Für mich sind das alles Opfer zufälliger Beißereien.

Von dieser Art ist meine Arbeit, Frau Quade. Ich bin Finkelschtejns Tochter.«

Es klopfte, und Claudia steckte ihren farbenfrohen Kopf durch den Türspalt.

»Kann ich jetzt gehen, Frau Doktor? Ich bin durch mit der Kartei.«

»Ja, kannst du«, sagte Natalia freundlich.

»Nee, kann ich nicht«, erwiderte Claudia. »Erst muß ick die beeden Schönen hier noch mal murkeln.«

Womit sie sich auf die beiden Hündinnen stürzte, sie am Bauch krabbelte und sich mit ihnen am Boden rumwälzte. Ihre Frisur war heute noch eine Spur abenteuerlicher. Sie hatte bunte Federn reingesteckt.

Nachdem die Helferin gegangen war, stand die kleine Ärztin auf und ging im Raum hin und her.

»Entschuldigen Sie, Frau Quade. Ich bin aufgeregt. Ich auch, Sie verstehen. Nach Onkel Frithjofs Tod müßte ich dies Büchlein eigentlich zur Polizei bringen. Es wird zwar nichts drinstehen über die, die an seinem Tod schuld sind, aber viel über die, die ihn wieder hereinziehen wollten in das, was er den Teufelskreis nennt. Aber sehen Sie, ich bin auch nicht draußen. Ich habe einmal kurz geblättert. Mein Vater wird schwer belastet auf diesen Seiten. Und ich liebe meinen Vater. Für mich war er lange Zeit ein Held, ein Bürgerrechtler, ein Widerstandskämpfer – bis ich die Wahrheit erfuhr. Ich liebe ihn. Ich bin und bleibe Finkelschtejns Tochter. Und darum will ich Ihnen das Büchlein geben – wie hat er geschrieben: ›jemand, der mir sehr lieb und wert ist‹. Lesen Sie es oder lesen Sie es nicht, verbrennen Sie's, behalten Sie's, bringen Sie's zur Behörde – mir ist es gleich. Hier, bitte.«

Ich wußte nicht, wie mir geschah. Obwohl alles in mir »Nein, nein!« schrie, streckte ich die Hand nach Fitti Reiters Vermächtnissen aus und ließ das Buch in meine Tasche gleiten. Dann erhob ich mich stumm.

»Ich bin Ihnen sehr dankbar«, sagte Natalia ernst. »Und wenn irgendwas mit Canossa ist – zählen Sie auf mich.«

28

Ich war kaum zu Hause, als es klingelte. Nein, auf Besuch, welcher Art auch immer, hatte ich jetzt keine Lust. Jetzt wollte ich in aller Ruhe mit Canossa sitzen und die Gedanken in meinem Kopf ordnen.

Aber die Bimmelei riß nicht ab. Kunststück. Bei mir kann ja jeder sehen, daß ich zu Haus bin. Schließlich gehen alle meine Fenster auf den Hof.

Erst beim zweitenmal Hinsehen kriegte ich mit, daß das Ulrikchen, alias Ricci Deichfus war. Donnerwetter, hatte sich das Frauenzimmer gemausert! Statt Pferdeschwanz dezent getönter Kurzhaarschnitt, Ledermantel mit Pelzkragen, Handschuhe. Da hatte wohl jemand – wie heißt es doch gleich? – etwas für ihr Outfit getan.

Ihren Kleinmädchenknicks und ihr Gelispel hatte sie aber immer noch nicht abgelegt. Ich hätte ja die Litanei beinah schon aufsagen können:

»Schönabend auch, Frau Quade, darf ich kurz reinkommen? Ich hab was für Sie von Ihrem Sohn.«

»Das war zu erwarten«, sagte ich und ließ sie in den Flur.

Canossa bellte, und ich ließ sie auch. Ricci schielte ängstlich zu ihr.

Offenbar hatte sie gedacht, daß ich sie zu mir ins Zimmer holen würde, aber darauf hatte ich nicht die Bohne Lust.

»Also, Ulrikchen, was ist?« fragte ich kurz angebunden.

»Ich will ja wirklich nicht stören«, beteuerte sie.

Ich rührte mich nicht von der Stelle, so daß ihr denn nichts anderes übrig blieb, als das aus der Tasche zu kramen, was sie für mich hatte. Einen Umschlag, wie sonst. Was anderes kriegte ich nicht.

»Fein«, sagte ich so unbeteiligt wie möglich, »vielen Dank.«

»Ja«, entgegnete sie. »Nichts zu danken.«

Offenbar hätte sie es gern gehabt, wenn ich sie noch ein bißchen nach ihr und Torsten ausgefragt hätte. Wenn ich zumindest ihre neue Frisur und ihre Klamotten bewundert hätte. Aber ich war nicht bereit, ihr diesen Gefallen zu tun.

Einen Augenblick schoß mir durch den Kopf, wie schnell mein Herr Sohn wohl höchstpersönlich bei mir aufkreuzen würde, wenn er wüßte, was seit heute nachmittag in meiner Hand war.

»Also«, sagte ich. »Dann tschüs. Und alles Gute.«

»Ja, Frau Quade, und schönen Abend noch«, zwitscherte Ricci. Dann war sie draußen.

Na, was den schönen Abend anging, da hatte ich so meine Zweifel.

Da saß ich nun mit zwei Kuverts auf dem Tisch, und eigentlich hatte ich keine Lust, irgendeins davon aufzumachen.

Sollte ich Fitti Reiters »Bekenntnisse« – oder was immer es sein mochte – wirklich lesen?

Sein Brief an Natalia, der ihn gerade wieder von einem fremden und unheimlichen Wesen zurückverwandelt hatte, schattenhaft in den, den ich kannte und mehr als mochte – und nun dies? Er hatte mir nie etwas erzählt. Ging es mich jetzt was an? Würden es nicht wieder lauter Dinge sein, die mich überraschen, erschrecken, verängstigen könnten? Sollte ich den Umschlag nicht schnell zukleben, neu beschriften, Marken drauf und an die zuständige Behörde? Und vielleicht sollte ich sogar mehr tun. Ich sollte es selbst hinbringen und die dazugehörigen Erklärungen gleich mitliefern.

Ich schob Frithjofs Notizen zur Seite. Ja. Es gab eigentlich gar keine andere Wahl. Ich wünschte zwar von Herzen, niemals mit der ganzen Geschichte in Berührung gekommen zu sein. Aber anders ging es wohl nicht.

Blieb Umschlag Nummer zwei.

Über dessen Inhalt hatte ich lange nicht soviel zu rätseln wie über den andern. Eigentlich war er mir klar.

Ich hatte mir nur eingebildet, Torsten hätte sich zu dem Scheck wenigstens noch ein paar verbindliche Zeilen einfallen lassen an seine Mom. Nichts. Statt Zeilen Zahlen. Nicht unbeträchtlich. Die »Geschäftsberuhigung« der Quade-Holding war offenbar nicht von schlechten Eltern. Und ich hatte meinen Anteil daran. Na, Glückwunsch.

Ich hielt das Stück Papier schon zwischen spitzen Fingern, um es zu zerreißen, als mir einfiel, wie sich mein cleverer Sohn wohl ins Fäustchen lachen würde, wenn er erführe, daß ich jetzt noch »Gruppe zwo« den entscheidenden Schlag versetzen würde. Da wäre der Betrag sicher noch höher ausgefallen.

Plötzlich wurde ich wütend.

Was gingen mich die Querelen dieser verdammten Verbrecherkartelle an? Schande über Schande, sich von seinem eigenen Fleisch und Blut bezahlen zu lassen wie eine Nutte und ihm mit den Bekenntnissen des Kerls, den man ein bißchen gern gehabt hatte und der bei dem ganzen Quatsch draufgegangen war, auch noch die nächste Zuarbeit zu liefern.

Den Teufel würde ich tun. Und den Scheck zerreißen würde ich auch nicht. Den würde ich lieber spenden für »Brot für die Welt«. Schluß, aus.

»Komm, Canossa, wir gehn schlafen«, sagte ich.

Eine völlig überflüssige Aufforderung.

29

Es passierte am nächsten Vormittag, als ich mit Canossa spazierenging. An Grünflächen oder wilden Stellen, von denen es ja genug gab, machte ich sie von der Leine, und sie sauste immer los in ihrem Humpelgalopp, um zu schnüffeln und sich umzutun. In der letzten Zeit entwickelte sie dabei besondere Power und kam aus dem Schnüffeln, Stöbern und Scharren gar nicht heraus. Überhaupt führte sie sich auf wie 'ne ganz Junge und machte allen Rüden Avancen.

Irgend so ein sandfarbener Köter tappelte auf der anderen Seite des Rasens vorbei, und sie ließ es sich nicht nehmen, zu ihm hinüberzuschwänzeln. Ich folgte langsam und amüsierte mich. Sollte sie doch ihren Spaß haben und Bekanntschaften schließen.

Die beiden sagten guten Tag, trennten sich dann in bestem Einvernehmen, und mein Mädchen ging ins Gesträuch.

Und dann sah ich sie nicht wieder.

Ich pfiff, ich rief, ich brüllte. Ich lief das ganze Areal auf und ab. Canossa war nicht mehr da.

Es dauerte wohl eine halbe Stunde oder länger, bis ich begriffen hatte, daß sie tatsächlich fort war. Einfach fort. Die Leine in der Hand, ging ich nach Hause. Meine letzte Hoffnung war, daß sie vielleicht vor der Tür saß. Tat sie aber nicht.

Jonas war im Flur, als ich reinkam. Er fing mich sozusagen auf. Nicht, daß ich umgekippt wäre. Zu dergleichen neige ich nicht. Aber mein Gesicht und die leere Leine sprachen wohl Bände.

Jonas kochte mir Kaffee. Jonas schrieb Anschläge, um sie im Kiez an die Wände und Bäume zu heften. Jonas trabte in die Redaktionen und gab Vermißtenanzeigen auf, und er ging zum Stadtradio und ließ die Durchsagen machen. Jonas kümmerte sich um alles.

Natürlich war die Sache im Viertel rum wie ein Lauffeuer. Die Quade, wissen'se, die, die die Leiche in der Wanne gefunden hat, der ist ihr Hund weggelaufen, erinnern'se sich, so 'n alter, struppiger Hund auf drei Beinen ... Die spielt nu verrückt ...

Aber das stimmte nicht.

Es stimmte nicht, daß ich verrückt spielte. Und es stimmte ebenso wenig, daß mir Canossa weggelaufen war. Canossa lief nicht weg. Canossa war mir gestohlen worden.

Überhaupt nichts war vorbei. Keine Geschäftsberuhigung, lieber Sohn, jedenfalls nicht für mich. Für mich ging jetzt alles erst richtig los.

Wenn man eine Leiche findet, wird man von allen scheel angeguckt. Aber wenn man einen Hund vermißt, kann man sich des Mitgefühls der Nation sicher sein, zumindest in Berlin-Mitte.

Wildfremde Menschen redeten mich auf der Straße an und fragten, ob mein Tier wieder da wäre, Gemüse-Mueller grüßte wieder, Hanne Brandt hätte mich um ein Haar zu 'ner Tasse Kaffee zu sich gebeten, wenn ich nicht mehr bestimmt als höflich abgelehnt hätte – da war sie dann wieder beleidigt –, und selbst Professor Bauhöffer rang sich im Flur ein »Es tut mir leid, Frau Quade!« ab. Ich nehme jedenfalls an, daß er das sagte, er säuselte so.

Natürlich putzte ich auch viele Klinken, fragte in der Umgebung von jener bewußten Grünanlage die Leute ab, ob sie was beobachtet hatten. Aber keiner konnte sich an was erinnern. Und das ist doch immerhin merkwürdig, denn so 'n großer, schwarzer, hinkender Hund kann sich ja nicht in Luft auflösen.

Auch in den Tierheimen rief ich jeden zweiten Tag an. Nichts.

Natürlich hatte ich mich sofort bei Natalia Schtakowa-Finkelschtejn gemeldet und ihr den Vorfall am Telefon erzählt.

Die Ärztin schwieg erst eine Weile. Dann sagte sie: »Och, das ist schlimm.« Und: »Haben Sie was mit den Papieren gemacht?«

»Die Papiere«, erwiderte ich und ertappte mich dabei, daß ich beinah in den Hörer schrie, »diese verfluchten Papiere liegen bei mir zuunterst in der Schublade. Nichts habe ich damit gemacht, gar nichts.«

»Gut«, sagte sie. »Sehr gut.« Aber irgendwie hatte ich das Gefühl, daß sie mir nicht glaubte. »Ich werde nachforschen. Ich werde meine Quellen ausbeuten.«

Damit legte sie auf.

Beim Nachhauseweg vom Münzer überlegte ich mir, was das Gespräch bedeutete.

Natalia nahm also an, der Diebstahl des Hundes könnte ein Zeichen von bestimmten Leuten sein: Wenn die »Enthüllungen« ausgeliefert werden, passiert was. Erst ist es bloß ein Hund ...

Bei dem Gedanken überlief es mich kalt. Denn dann war wohl keine Hoffnung, daß Canossa noch am Leben war. Dann würde man mir höchstens eines Tages per Paketpost einen Schwanz und ein paar Pfoten zuschicken. Andererseits – woher in aller Welt sollte jemand von der Sache wissen? Außer Claudia, der ich alles mögliche, bloß nichts Schlechtes zutraute, und die hätte dazu an der Tür horchen müssen, gab es doch nur noch die Ärztin selbst und mich – hatte Finkelschtejns Tochter noch jemanden informiert aus ihrem zweifelhaften Bekanntenkreis?

Nur, andersrum wurde auch ein Schuh draus.

Wenn die Entführung Canossas wirklich so eine »Warnung« war, dann mußten diese Leute mich soweit kennen, um zu wissen: Der Tod meines Hundes würde bei mir alle Schleusen brechen. Ich würde hemmungslos zur Polizei rennen und alles, was ich über Gruppe eins und zwo und Hintermänner wußte, zu Protokoll geben, und wenn sie mich zu Kleinholz machten danach.

Schlußfolgerung: Es konnte niemandem daran liegen, mich vom Tod Canossas zu informieren.

Und mein auf Rettung bedachter Kopf machte daraus gleich: Es konnte niemandem daran liegen, Canossa zu töten.

So dachte ich, während ich ingrimmig nach Hause stiefelte: Ich werde meine Quellen ausbeuten. Wir werden die Fahndung einleiten. Wir kümmern uns darum. Solchen Schnack kennt man ja. Das war so gut wie eine Abfuhr. Mit der Praxis Schtakowa-Finkelschtejn konnte ich vorerst wohl nicht rechnen.

Mein Sohn Torsten schied aus. Für immer. Danke.

Eigentlich konnte ich nur noch auf eigene Faust versuchen weiterzukommen. Ich hatte bloß keine Ahnung, wie.

Am Abend flanierte ich die Oranienburger rauf und runter, als wenn ich ein Freier wäre, und guckte unter jeden Regenschirm – es regnete nämlich mal wieder, so recht passend zu meiner Laune. Natürlich suchte ich Silvie.

Aber Silvie hatte offenbar einen guten Abend. Jedesmal, wenn ich an ihrem Standplatz war und mich bei den anderen erkundigte, war sie entweder noch bei einem im Auto oder gerade zu einem andern eingestiegen. In der Zwischenzeit trank ich, um mich aufzuwärmen, immer mal wieder ’nen Kaffee und ’nen Kurzen, immer so hoch vom »Tacheles« übers »Orange«, über die »Verkehrsberuhigte Ostzone« und »Obst und Gemüse«, bis mir ganz plümerant war und ich eigentlich nur noch nach Haus wollte. Und dann war Silvie endlich frei.

Sie winkte mir schon zu.

»Hach, Frau Quade«, begrüßte sie mich, und ich glaube, am liebsten hätte sie mich umarmt. »Die Kolleginnen haben mir schon gesagt, daß Sie mich suchen. Ist heute soviel Betrieb. Kann ich Ihnen mit irgendwas behilflich sein? Tut mir ja so leid, das mit Ihrem Hundchen!«

»Deswegen wollte ich Sie mal kurz sprechen, Silvie«, sagte ich. »Ich dachte, Sie könnten sich mal ein bißchen für mich umtun. Haben Sie nicht zufällig was gehört?«

Ihre nachtschwarzen Augen wurden kugelrund.

»Gehört? Wie meinen Sie denn das?«

»Na, Silvie, Sie kennen doch das Milieu. Könnte ja sein, daß da so dies und das geredet wird über den Hund. Ich weiß doch genausogut wie Sie, warum Canossa immer so gern an Ihren Fingerspitzen geschnuppert hat. Doch nicht bloß wegen des schicken Parfüms. Canossa war bei der Drogenfahndung.«

Sie biß sich auf die Lippen.

»Wollen Sie mir 'n Ding anhängen?«

»Überhaupt nicht. Ich möcht bloß was über meinen Hund erfahren.«

Sie sah mich forschend an. »Ehrlich?«

»Ehrlich.«

»Ich könnte ja Lemke fragen«, sagte sie zögernd.

Ich erinnerte mich, daß die kleine Doktorin den Kerl an ihrer Seite Herr Lemke genannt hatte.

»Lemke ist schön und gut«, entgegnete ich. »Aber der muß ja nicht der einzige sein. Von ihm kriegen sie das Zeug doch nicht direkt, oder?«

Sie schüttelte den aufgeplusterten Blondschopf.

»Sehen Sie, wenn Sie irgendwas rauskriegen, auch nur die kleinste Spur – ich zeige mich auch erkenntlich. 'n Blauer ist drin, und der ist steuerfrei. Und Lemke-frei.«

Silvie nickte nachdenklich. »Ich tu mein Bestes, Frau Quade«, versicherte sie mir.

Neben uns hielt schon wieder ein Wagen. Hatte 'n guten Abend, die Silvie. Oder 'n schlechten, wie man's nimmt.

30

Aber bevor ich bei Silvie nachfragen konnte, kriegte ich schon wieder einen Brief.

Soviel Post wie in der letzten Zeit hatte ich sonst nie, bloß daß die meiste nicht mit dem Briefträger kam.

Diese hier freilich wohl. Sie hatte nur einen Nachteil, daß sie keinen Absender hatte.

Das war kein Recyclingpapier, sondern Bütten, handgeschöpft, und der Stil war auch vom Feinsten.

Es hieß da: »Sehr geehrte Frau Quade, wie wir erfahren haben, sind Sie im Besitz einer Hündin. Über dieses Tier würden wir gern mit Ihnen ins Geschäft kommen. Wir bieten Ihnen dafür im Austausch eine reinrassige Deutsche Schäferhündin, 1a-Ausbildung, wachsam, auf Mann dressiert, aber anschmiegsam und treu, oder einen entsprechenden finanziellen Ausgleich. Natürlich sind wir auch gern bereit, auf Gegenvorschläge, die Sie uns unterbreiten, einzugehen. Ihre Antwort erwarten wir unter Postfach innerhalb von drei Tagen. PS. Wir sind auch gern bereit, die Hündin von Ihnen leihweise für einen Zeitraum von zirka einer Woche zu übernehmen.«

Ich war einigermaßen baff.

Was bedeutete das nun wieder? Sie hatten Canossa also nicht. Oder – nur eine Gruppe hatte sie, und die andere wußte nichts davon. Oder – es gab noch jemanden Dritten.

Ich guckte auf den Poststempel. Berlin. Merkwürdig. Wo doch ganz Mitte wußte, daß mir der Hund abhanden gekommen war.

Ich hatte mal in einem Buch den Brief der Saporoger Kosaken an den Sultan gefunden, der fing so an: »Du meineidige Ausgeburt der Hölle, Schweineschnauze, Stutenvotze, der du alle Verbrechen auf einmal in dir vereinigst...«, oder so ähnlich. Den hätte ich jetzt gern dagehabt und abgeschrieben ans Postfach geschickt. Konnte ich mir ja aber leider nicht leisten, wenn ich Canossa wiedersehen wollte.

Also schrieb ich, daß mir die Hündin leider abhanden gekommen sei, ich aber für eine Mithilfe bei der Wiederauffindung sehr dankbar sein würde und eventuell bereit wäre zu kooperieren.

Mir war klar, daß die Canossa nie und nimmer finden durften. Ich würde sie dann bestimmt nie wiedersehen. Aber ich hoffte, so erst mal was in Bewegung zu bringen. Und wo Bewegung ist, da kommt ja vielleicht das Unterste zuoberst.

Ich wollte das Ding gerade in den Kasten tragen, als mir eine von jenen Gestalten bemüht versammelten Schrittes entgegenstakte, die ich seit meinen letzten Abenteuern mit Pennern lieber meide. Es war aber kein Mann, sondern eine Frau, eine von den sogenannten Wermutschwestern.

Sie kam direkt auf mich zu, den Blick starr auf einen Zettel geheftet, an dem sie sich festhielt. Ich sah gleich, die Ärmste war nüchtern.

»Entschuldigen Sie, Jungefrau«, redete sie mich an. »'tschuldigung, ick will Ihnen nich belästigen. Es ist bloß: Ich hab hier diesen Wisch, da wo ick hin soll, und ich kann das nich finden. Aber ich muß da hin, verstehen Sie? Das ist für mich ganz wichtig. Es geht ums Geld. Ick krieg doch bloß Stütze, und...«

Sie hielt mir ihren Zettel unter die Augen.

Ich sah gleich, was das war. Bezirksamt, Psychiatrie, Unterabteilung Beratung für Alkohol- und Drogenkranke. Jeder im Kiez wußte, wo das war. Gleich neben dem Kreuzbund, der das gleiche in christlich und auf freiwilliger Basis darstellte.

Als ich ansetzen wollte, ihr den Weg zu beschreiben, warf sie mir einen flehenden Blick aus den geröteten Augen zu.

»Jungefrau, Sie haben wohl nicht zufällig 'ne Mark über? Ick hab heute noch nichts jejessen. Selbst 'ne Schrippe kost ja bald 'n Fuffziger. Und ich muß doch dahin...«

Ich gab ihr zwei Mark und sagte: »Kommen Sie, ich bring Sie hin. Ist gleich um die Ecke.«

Man mußte ja verhindern, daß sie das Geld umsetzte, bevor sie bei der Beratung gewesen war.

Sie brachte sich fast um vor Dankbarkeit.

»Sie sind wirklich 'n feiner Mensch«, kriegte ich zu hören. »So was trifft man heute selten. Sie wissen ja nicht, wie sich unsereins durchschlagen muß. Kenn' Sie die Schnapspreise? Nee, kennen'se nich. Aber nicht, daß Sie denken, ich bin nur aufs Saufen erpicht. Die Miete! Und Strom und Gas! Ick sage Sie! Wenn man mal im Lotto gewinnen könnte oder so 'n Glück haben könnte wie Pauli und Männe! Erst jehn'se mit' s Messer uffenander los, aber Sie wissen ja, Pack schlägt sich, und Pack verträgt sich. Und jetzt haben Sie bei irgend 'n Jux ooch noch zwei Blaue abgefaßt.«

»Wie denn das?« fragte ich. Pauli und Männe? Messerstecherei? Waren das etwa meine wohlbekannten alten Kunden?

»Na«, sagte meine neue Freundin, die mir jetzt schon am Arm hing, »sie sagen, sie haben irgend 'ner Ollen, die sie geärgert hat, 'n Schabernack gespielt und der ihre Töle gekidnappt. Und denn fanden'se dafür gleich 'n Käufer, obwohl das Aas nicht mehr viel wert war.«

Ich war stehengeblieben.

»Ist das hier?«

»Jaja«, sagte ich zerstreut. Wir standen wirklich vor der Tür. »Was sagen Sie da? Pauli und Männe? Wo wohnen die denn?«

»Die wohnen jarnich, Jungefrau. Die machen Platte. Sie ha'm jesagt, hier inne Gegend komm'se erst mal nich mehr, hier is es ihnen zu brenzlig. Keene Ahnung, wo die jetzt sind. Also, Jungefrau, nochmals herzlichen Dank. So was wie Sie ist selten, wirklich.«

Damit war sie drin, und ich stand da und mußte mich erst mal an die Mauer lehnen.

Den Brief brauchte ich nun wohl nicht mehr einzuwerfen.

Ich ging zu Gemüse-Mueller und kaufte mir eine große Flasche Braunen. Aber als ich dann rausging, dachte ich: So 'n Blödsinn, dich jetzt zu besaufen. Du mußt 'nen klaren Kopf behalten, Marion Quade. Und ich steckte die volle Buddel in den Papierkorb neben der Psychiatrie, sozusagen als anonymes Dankeschön. Sie würde ihre Adressatin bestimmt erreichen.

Ich klapperte die einschlägigen Stellen ab, wo man Leute wie Pauli und Männe treffen kann – also außerhalb von Mitte. Bahnhof Zoo und gewisse Ecken von Kreuzberg und Moabit und sogar die Neubaugebiete. Ich muß sagen, ich lernte Berlin so gründlich kennen wie nie zuvor, und wenn ich nicht meine Rentnermonatskarte gehabt hätte, wäre das ein teurer Spaß geworden. Ich überzog mein Budget sowieso laufend in der letzten Zeit. Aber Erfolg hatte ich keinen. Pauli und Männe waren zwar weitgehend bekannt und nicht unbedingt beliebt – »det sind paar Stänkertypen«, hieß es, »fangen immer jleich Knatsch an« –, aber seit längerem nicht mehr gesichtet worden.

Die Geschichte mit der Töle von der Ollen und den beiden Scheinchen hörte ich übrigens noch mindestens dreimal. Hatte mich eben vorher bloß an die falschen Stellen gewendet. Nur, *wer* da so spendabel gewesen war zu beiden Knilchen, das wußte leider auch keiner zu sagen.

Todmüde kam ich wieder an im heimischen Revier. Der ganze Tag war draufgegangen.

Da ich wußte, daß ich sowieso nichts im Kühlschrank hatte, ging ich zum Türken an die Ecke, der sich erst kürzlich etabliert hatte, und kaufte mir einen Döner.

»Was von Hundchen gehört?« fragte er. Natürlich wußte er auch Bescheid.

»Nein, noch nicht«, entgegnete ich. »Aber es gibt eine Spur.« Und ich erzählte ihm die Geschichte.

Er hörte aufmerksam zu.

»Werde mich umhören bei Freunden und Kollegen, die auch Stand haben«, bot er an. »Manchmal hört man was. – Und Ihr Sohn? Früher kam Sohn hier öfters vorbei. Ich hatte das Gefühl, als kippte mir jemand einen Zuber heißes Wasser über den Rücken.

»Mein Sohn?« fragte ich.

Dann begriff ich erst, daß er nur Jonas meinen konnte.

»Nein«, fuhr ich fort und bemühte mich um ein Lächeln. »Der hat im Moment zuviel zu tun.«

Jonas scheute im Augenblick denn doch etwas das Licht der Öffentlichkeit.

Dafür fand ich ihn zu Hause vor.

Natürlich mußte er die ganzen Neuigkeiten von mir erst mal brühwarm erfahren.

Er war auch gleich mit einem Ratschlag zur Stelle.

»Da können Karl und Rosa vielleicht was machen!« schlug er vor. »Karl ist doch Sozialarbeiter.«

Das erstaunte mich nun wirklich. In meiner Erinnerung hatte die Begegnung mit den beiden, als sie in Jonas' Bude rumschnüffelten, zu ganz anderen Suchbildern geführt. Ich hatte sie immer als auf der anderen Seite der Barrikade eingeordnet.

»Ich dachte, das sind Verbraucher!« entfuhr es mir.

Jonas lächelte.

»War Karl auch mal. Daher kennt er sich ja so gut aus. Er heißt übrigens eigentlich Friedemann. Aber weil seine Freundin, meine Kommilitonin, wirklich Rosa heißt und beide immer so kämpferisch zusammen daherkommen, hat man sie Karl und Rosa getauft, und dabei bleibt's auch.«

»Und ihr macht wirklich Musik zusammen? Ich dachte, das ist 'ne Finte.«

»Dabei haben wir uns kennengelernt. Und weil es mir dann so dreckig ging und ich in diese Geschichte reingeschlittert war, hab ich mich ihnen anvertraut. Bei ihnen war ich auch paar Tage untergekrochen. Das einzige Mal, daß ich was von dem Stoff in Händen hatte und mit hierhergebracht habe, das war damals. Sie wollten sich der Sache annehmen. Aber ich hatte solche furchtbare Angst, Frau Quade. Ich bin dann doch selber hergekommen und hab es rausgeholt. Als die beiden da waren, war es schon weg, Sie verstehn.«

»Und was haben Sie damit gemacht?«

»Womit?«

»Mit dem Stoff natürlich.«

»Ich hab's zurückgegeben«, sagte Jonas unschuldig und sah mich aus seinen blauen Augen an. Er hatte mich schon so oft beschwindelt, daß ich wußte, wann er log. Und diesmal log er nicht. Einen größeren Traumtänzer als diesen Knaben gab es auf Gottes weiter Erde nicht. Ohne das autoritäre Dazwischentreten von Torsten Quade – sozusagen kurz vor Toresschluß – wäre der gute Junge wahrscheinlich aus dem Hochschulverzeichnis zu streichen gewesen.

Aber obwohl ich mich für ihn fühlte wie der berühmte Reiter überm Bodensee, hatte ich jetzt keine Zeit mit Rückblicken zu verlieren. Die Sache hier mußte weitergehen.

»Dann los, keine Zeit verloren!« ermunterte ich ihn. »Besorgen Sie mir diese Leute, so schnell es bloß geht, setzen Sie sie auf die Spur! Sozialeres gab es nie zu arbeiten, als einer alten Frau ihren alten Hund wiederzugeben!«

Ungeachtet der späten Stunde schlüpfte Jonas noch gehorsam in seinen Mantel.

»Das ist 'ne gute Zeit«, meinte er. »Da trifft sich der Musikantenkreis, in dem ich früher auch mal mitgemacht habe.«

»Wollen Sie nicht ihre Klarinette gleich mitnehmen und neu einsteigen?« schlug ich vor.

Er lächelte matt.

»Liebe Frau Quade, ich fürchte, Sie machen sich von meiner Position nicht die richtige Vorstellung«, sagte er. »Ich gehe lieber nicht in die Öffentlichkeit, so sicher komm ich mir nicht vor. Ich werd die beiden auch bloß in der Pause abpassen.«

Sprach's, stülpte sich eine pechschwarze Sonnenbrille auf die Nase und einen häßlichen Hut auf den Kopf und ging los.

Er tat mir wirklich leid.

Um mich abzulenken, kluckte ich mich mal wieder vor meinen Fernseher. Es gab eine Komödie mit Heinz Rühmann, und man konnte wirklich lachen. Aber jedesmal, wenn meine Hand unwillkürlich neben mich griff, um ein gewisses lockiges Fell zu kraulen, und da war niemand, kam ich wieder völlig aus der Stimmung.

31

Die beiden mit den flammenden Namen brauchten gar nicht richtig loszupowern. Karl kriegte es ganz schnell raus. Es hatte schon wieder eine Messerstecherei gegeben, und unsere Freunde waren aus dem Verkehr.

Während Männe alias Hermann Huth vernehmungsunfähig im Krankenhaus lag, hatte man Pauli alias Paul Bartholomäi in die Geschlossene Psychiatrische eingeliefert. Also kaum eine Chance, an die beiden heranzukommen. Wieder eine Spur, die sich im Sande verlaufen hatte.

Ich war deprimierter denn je.

Karl und Rosa versuchten, mich zu trösten.

Wir hatten uns im Café Cinema am Hackeschen Markt getroffen, und ich konnte meine Tränen nicht zurückhalten.

»Frau Quade«, sagte das Mädchen und legte ihre Hand auf die meine, »schmeißen Sie mal bitte nicht die Flinte ins Korn. Wer weiß, ob wir aus den beiden Helden wirklich was rausgeholt hätten. Karl und ich, wir wissen ja in ungefähr, mit wem die so meistens zusammen waren. Wir können uns nicht vorstellen, daß die in ihrem Suff nicht irgendwelche Andeutungen gemacht haben. Ich bin ganz zuversichtlich, wir kriegen da noch was raus.«

Ich packte mein Taschentuch weg.

Der Laden war immer sehr voll, und mir war das mehr als peinlich.

Ja, dachte ich, irgendwann kriegen wir was raus. Aber jeder Tag, der vergeht, ist weg. Und mit jedem Tag ist es unwahrscheinlicher, daß Canossa noch am Leben ist.

»Mal was anderes«, sagte ich, auch um mich selbst abzulenken. »Jonas Frohgemuth. Meinen Sie nicht, daß Sie dem irgendwie helfen können?«

Karl zuckte die Schultern.

»Wir haben ihm angeboten, in eine WG zu ziehen, da hat er all die andern um sich, das ist so 'ne Art Schutz, und er ist erst mal weg aus der Ecke, wo man ihn vermutet. Aber er sagt, er muß jetzt bei Ihnen bleiben und Ihnen beistehen, wo er doch diesen ganzen Schlamassel mit eingebrockt hat.«

»Stimmt nicht!« protestierte ich. »Für Canossas Verschwinden jetzt kann er überhaupt nichts.«

»Er sieht das komplexer. Und um die Wahrheit zu sagen: Auf die Dauer ist das mit der WG auch nichts. Denn daß die ihn wirklich für immer in Ruhe lassen, kann ich mir eigentlich nicht vorstellen. Da müssen radikalere Lösungen ran. Mal sehen, was sich machen läßt.«

Immerhin, ermutigende junge Leute. Leute, die noch versuchten, an den Dingen zu drehen, statt alles treiben zu lassen.

»Was habt ihr eigentlich in der DDR gemacht?« fragte ich.

»Hach!« Rosa lachte. »In der DDR hat Karl gesessen, und ich war bei der Kirche.«

»Und jetzt?«

»Jetzt studier ich Musik. Aber bei der Kirche bin ich nicht mehr. Ist mir zu staatsnah. Und Karl ist Sozialarbeiter, aber wenn der so weitermacht in der Hausbesetzerszene und bei Demos – na, dann sitzt er unter dieser Regierung auch bald wieder.«

Beide brachen in fröhliches Gelächter aus.

32

Natürlich hätte ich mir das denken können, daß sie sich so was nicht gefallen ließen: einfach keine Antwort. Der zweite Brief, Bütten, handgeschöpft, kam ganz schnell. Er enthielt nur eine Zeile: »Erinnern Sie sich an Ihren Freund Frithjof Reiter?«

Das war deutlich genug. Mir lief es kalt den Rücken herunter.

Verdammt, wieso wußten diese Herrschaften denn nicht, daß ich ihnen Canossa gar nicht geben konnte, selbst wenn ich es gewollt hätte? Hatten die nicht mitgekriegt, daß man sie geklaut hatte? Was sollte man tun in solcher Zwickmühle?

Mir fiel was Schlimmes ein: Wenn die dachten, ich würde das Kidnapping von Canossa nur vortäuschen, um sie hinters Licht zu führen, tja, dann konnte ich mir nur gratulieren, daß ich keine Badewanne hatte.

An diesem Abend machte ich meine Vorhänge fest zu und legte die Kette vor.

Ich mußte wohl oder übel einen Blick in Fittis Büchlein werfen. Es ging nicht, daß ich den Kopf in den Sand steckte wie der Vogel Strauß.

Es war alles andere als Tagebuch oder Lebensbekenntnisse.

Frithjof mußte wohl eine ganze Reihe solcher in braunes Leder eingebundener Heftchen besessen haben. Dies war ein Extrakt. Klar, sachlich, genau datiert, Fakten und Zahlen.

Keine Lebensbeichte eines alten Mannes. Ein präziser Bericht, bestimmt dazu, Zeugnis abzulegen, und mit dem vollen Namen unterzeichnet. Natalia hatte mir 'nen ganz hübsch fetten Schwarzen Peter rübergeschoben.

Ich überflog das Zeug nur. Ich konnte und wollte es nicht so genau wissen, konnte und wollte es nicht verstehen.

Aber dann machte ich eine erstaunliche Entdeckung.

Ich erinnerte mich lebhaft an Frithjofs Brief an die kleine Ärztin und daß darin stand, er würde diesen Aufzeichnungen sicher bald noch einen anderen Teil beifügen können. So hatte ich immer gedacht, all das, was in diesem Heft stand, würde nur die »Gruppe zwo« belasten, wären Konfessionen über das, was er selbst kannte. Das andere, das von Jonas, so hatte ich angenommen, hatten die Schweine, die ihn umgebracht hatten, bei ihm gefunden und vernichtet. So hatte ich die Andeutungen meines Sohns interpretiert.

Aber nun entdeckte ich, daß Frithjof Reiters Dossier nicht nur Material über Gruppe zwo, sondern auch über eins enthielt – genau das, was er von Jonas gehört haben mußte.

Was war da los?

Ich ging in die Küche, um mir erst mal 'nen Kaffee zu machen, damit ich besser denken konnte. Meine Hände flogen. Frauen in meinem Alter sind für so was total ungeeignet. Trotzdem. Mein Kopf arbeitete ganz gut, fand ich.

Also, es gab nur zwei Möglichkeiten. Die eine war, daß derjenige, der Reiter auf dem Gewissen hatte, einfach geblufft hatte. Er hatte keine Aufzeichnungen vorgefunden und einfach behauptet, er hätte sie vernichtet, um damit irgendwen – wen? –, ich mochte gar nicht darüber grübeln! – zu beruhigen. »Geschäftsberuhigung.« Na ja.

Die zweite war, daß Fitti das ganze Zeug in dieses Heft abgeschrieben und es somit auf alle Fälle in Sicherheit gebracht hatte. Nur die Urschrift blieb in seiner Wohnung und wurde vernichtet. Und keiner ahnte, daß es noch eine Kopie gab. Eine Kopie, die niemand kannte außer Natalia Schtakowa-Finkelschtejn und Marion Quade.

Verfluchter Mist. Ich saß auf einem veritablen Pulverfaß. Klar, daß die kleine Doktorin da lieber ausgestiegen war.

Und dann war da natürlich die Frage: Konnte ich Finkelschtejns Tochter vertrauen? Oder besser – hatte ich Gründe, ihr zu vertrauen? Gründe wohl nicht. Aber mein Bauch sagte mir, ja. Zum Teufel mit den Gründen. Wenn ich bei allem, was ich jetzt machte oder nicht machte, die Gründe abwägen sollte, würde ich am Ende gar nichts mehr wagen.

Ich beschloß, mich gegenüber der Bütten-handgeschöpft-Firma noch einen Tag totzustellen und zu der Ärztin zu gehen, und hoffte, daß das die richtige Variante sein würde.

Als es klingelte, bekam ich einen solchen Schreck, daß mir fast das Herz stehenblieb. Ich löschte das Licht und versuchte, vorsichtig durch die Vorhänge zu spähen. Aber da sah ich nur einen Schatten.

Du bist das reinste Nervenbündel, Marion Quade, beschimpfte ich mich selbst. Schon die Tatsache, daß ich die Klingel überhaupt gehört hatte! Die Angst schärfte mir offenbar die Sinne. Nettes Nebenprodukt.

Es klingelte wieder.

Entschlossen ging ich in den Flur. »Wer ist da?« fragte ich.

»Ich bin's, Jonas«, antwortete die bekannte Stimme.

»Seit wann legen Sie denn die Kette vor?«

Seine Existenz war mir sozusagen völlig entfallen.

Beschämt öffnete ich die Tür.

Jonas drückte sich hastig an mir vorbei.

»Gut, daß Sie noch wach sind«, sagte er, ein bißchen außer Atem.

Er warf Hut, Mantel und Sonnenbrille auf die Ablage und ging zu seinem Zimmer. »Bitte kommen Sie mit rein. Ich muß packen.«

»Packen?«

»Ja, packen.«

Er nahm den Koffer vom Schrank und fing an, wahllos Dinge hineinzustopfen.

»Zu welchem Termin kann ich bei Ihnen kündigen?«

»Vierzehntägige Kündigungsfrist«, sagte ich mechanisch. »Was ist denn los?«

Jonas zog ein Bündel Scheine aus der Tasche und gab mir davon. »Das ist dann bis nächsten Ersten. Entschuldigen Sie, daß es so Hals über Kopf geht. Ich will außer Landes. Wo ist denn mein Paß?«

»Sie packen völlig unsystematisch«, sagte ich. »Kommen Sie, ich helfe Ihnen. Wozu brauchen Sie die ganzen Socken? Und schmeißen Sie nicht alles so durcheinander, dann paßt viel weniger in den Koffer.«

Jonas ließ sich auf einen Stuhl sinken und sah mir zu, wie ich seine Hemden zusammenlegte.

»Frau Quade«, brachte er mit einem tiefen Seufzer hervor, »ich hab Glück im Unglück. Ich erzähl mal schnell.

Vor ein paar Tagen hab ich nämlich den Mann meines Lebens kennengelernt. Engländer. In sehr guter Position. Ein Mensch, zu dem man aufschauen kann. Wir – wir lieben uns.« Er errötete.

»Gratuliere«, sagte ich. »Aber ist das der Grund für diese Nacht-und-Nebel-Aktion? Man kann doch vielleicht ein bißchen abwarten?«

Jonas schüttelte den blonden Schopf. »Leider nicht. Ich hab nämlich heute so was hier gekriegt.«

Er fuhrwerkte in seinen Jackentaschen und brachte ein Blatt hervor, Bütten, handgeschöpft. Eigentlich hätte ich gar nicht daraufschauen müssen, um zu wissen, daß es den gleichen Text enthielt wie mein feines Schreiben: »Erinnern Sie sich an Ihren Freund Frithjof Reiter?«

Ich gab ihm das Blatt stumm zurück. Daß ich auch so was hatte, mußte er ja nicht wissen.

»Sehen Sie«, sagte er, »da hab ich's mit der Angst gekriegt, können Sie das verstehen?«

»Das kann ich sehr gut verstehen.«

»Ich hab meinen Liebsten eingeweiht. Ohne Namen und so, nur in groben Zügen. Und der sagte: Da gibt's nur eins: weg, ohne sich über die Schulter umzugucken. Wir fliegen noch heute nacht, Frau Quade. Allan hat ein großes Haus in der Nähe von

London. Und er will mir mein Studium finanzieren. Ist das nicht wunderbar?«

»Besser geht's gar nicht, Jonas«, sagte ich und küßte ihn auf die Wange. »Und nun helfen Sie mir mal: Wo liegen denn Ihre Pullover?«

»Ach, ich brauch nicht viel. Allan will mich ganz neu einkleiden. Hauptsache sind meine Klarinetten-Noten. Und die CDs hier.«

»Die gibt's in London auch. Und der Koffer kriegt nur Übergewicht.«

»Ja, schon, aber...«

Während wir so rummachten, dachte ich: Hoffentlich, mein Junge, kommst du nicht vom Regen in die Traufe. Hoffentlich klappt's wirklich. Ich wünsch dir's.

Jonas legte die Klarinette obenauf und schloß den Koffer.

»So. Was ich vergessen habe, können Sie wegschmeißen, denke ich. Ich melde mich bald. Und ich halt Ihnen die Daumen, daß Sie Canossa wiederkriegen. Es tut mir so leid.« In seiner Stimme waren Tränen, als er mich umarmte.

»Schon gut, Jonas«, sagte ich und bemühte mich, die Fassung zu bewahren. »Wie kommen Sie denn zum Flughafen?«

Er sah auf die Uhr. »Allan holt mich ab, in fünf Minuten. Am besten, ich warte gleich auf der Straße. Ach ja, hier sind Ihre Schlüssel.«

»Ich bring Sie noch raus. Vielleicht hat jemand wider Erwarten mal die Haustür abgeschlossen.«

Jonas lachte. »Sie werden es nicht glauben, Frau Quade, ich selbst, eben. So ein Unsinn. Aber ich bin ganz durcheinander.«

Wir gingen durch den Hof und den Hausflur.

»Und grüßen Sie Karl und Rosa von mir. Sie haben mir sehr geholfen. Und – bleiben Sie, wie Sie sind, Frau Quade.«

»Danke, Jonas«, sagte ich. »Und viel Glück.«

Wir gaben uns noch einmal die Hand. Jonas stellte sich unter die Straßenlaterne an den Bordstein, sein helles Haar leuchtete im Licht. Ich wandte mich um und öffnete gerade die Haustür, als mit quietschenden Rädern ein Wagen die Straße entlang kam.

Die fahren wie die Idioten, dachte ich. Hier ist doch nicht die Avus. Dann hörte ich einen Aufprall, das Röhren des Motors und einen dumpfen Knall.

Ich wandte mich um.

Mit verrenkten Gliedern, wie eine groteske Puppe, lag Jonas Frohgemuth auf dem Pflaster des Trottoirs. Sein Koffer war aufgegangen, und die Sachen hatten sich ringsum verstreut. Unter ihm bildete sich eine dunkle Lache.

Das Auto war fort. Aber ein zweiter Wagen kam jetzt langsam in die Straße, näherte sich, hielt an.

Ein grauhaariger, schlanker Mann im Karmelhaarmantel stieg aus und sah fassungslos auf das, was von Jonas noch übrig war.

33

Mich interessierte nicht, was das Haus sagte, und mir war völlig schnuppe, was in den Zeitungen stand. Als ich gegen Morgen übernächtigt, aber hellwach die Polizeistation verließ, stand mein Entschluß fest: Die dürfen nicht davonkommen.

Es hatte alles schrecklich lange gedauert, weil sie erst noch für Allan, den englischen Freund von Jonas, einen Dolmetscher brauchten. Er sagte alles, was er wußte. Nur, das war ja nicht soviel, und beweisbar wäre es auch nicht.

Ich sagte nicht alles, was ich wußte. Zumindest nichts über mich. Weder über die Post, die ich so erhalten hatte, noch über das, was in meiner Schublade lag. Und schon gar kein Wort über Canossa.

Die sollten ruhig denken, daß sie den letzten Zeugen beseitigt hatten, daß die unzuverlässige Plaudertasche weg war vom Fenster. Die würden sich umgucken.

Ich frühstückte irgendwo, ohne auf die Kneipe zu achten und ohne auf das zu achten, was sie mir vorsetzten. Wahrscheinlich war der Kaffee lauwarm und die Brötchen von gestern. Es war mir egal.

Danach bin ich durch die Straßen gelaufen, keine Ahnung, wie lange. Ich hatte einen solchen Grusel davor, nach Hause zu gehen, daß es gar nicht zu sagen war. Alles, woran ich ein bißchen gehangen hatte, war mir weggenommen worden. Frithjof, Canossa, Jonas und schließlich auch mein Sohn Torsten. Wenn ich über den Damm ging, machte ich mir überhaupt nicht die Mühe, nach rechts oder links zu gucken. Entweder die würden bremsen, oder sie würden's lassen. Sie bremsten natürlich. Und außerdem hupten sie und kurbelten die Fenster runter, um mir irgendwelche Unflätigkeiten zuzurufen. Na und.

Es heißt ja, wenn man sich im Wald verläuft, rennt man immer im Kreis und kommt irgendwann wieder bei der Stelle an, von wo man losgelaufen ist. Irgendwie so mußte ich auch durch die Straßen Berlins getrottelt sein – jedenfalls befand ich mich auf einmal wieder in der Nähe meiner Wohnung. Hinter mir hörte ich das hastige Klicken hoher Absätze, und dann rief mich jemand an.

Langsam drehte ich mich um und hielt mein übernächtigtes Gesicht den Ankömmlingen entgegen – es muß wohl kein besonders erhebender Anblick gewesen sein, denn die stutzten, und dann sagte das Mädchen: »Gottchen, nein, Frau Quade – nehmen Sie sich's doch nicht so zu Herzen!« Und nun registrierte ich erst, wer das Pärchen war: Silvie im Privatdreß am Arm ihres Zuhälters.

»Wir sind schon zweimal bei Ihnen klingeln gewesen, Frau Quade«, sagte sie. »Jut, det wir Sie treffen. Wir ha'm Ihnen nämlich was zu erzählen, mein Verlobter und ich.«

Ich ging also mit ihnen nach Haus und bemühte mich, nicht hinzugucken, wo auf dem Bürgersteig unter der Laterne die weißen Umrisse aufgezeichnet waren. Einen Augenblick hob sich schmerzhaft mein Magen, und ich dachte, ich mußte den schlapprigen Kaffee und die dürren Schrippen von vorhin wieder ans Tageslicht befördern.

Zum Glück war gerade keiner der Hausbewohner im Flur oder Hof zugegen. Dann nötigte ich sie in mein Zimmer – das von Jonas stand offen, ich sah die Reste seiner Habe – und bat sie, Platz zu nehmen. Irgendwie war mir mein Kopf so zugelötet, daß ich mir nicht mal Gedanken machte, welchen Zweck dieser

Besuch wohl haben könnte. Ich sah sie einfach bloß freundlich, wenn auch leicht stumpfsinnig an.

»Also«, begann Silvie, »Lemke hat ja nu 'n Bungalow.«

Wenn ich Lemke so ansah, das viele Gold, das er um die Arme, an Ohren und Hals trug, und das noble Handgelenktäschchen aus Saffianleder, bezweifelte ich das keinen Moment.

»Und in den Bungalow fahren wir ja von Zeit zu Zeit, um auszuspannen.«

Ich nickte zustimmend.

Silvie bemerkte meinen abwesenden Blick und fragte besorgt: »Is Ihnen nicht gut, Frau Quade? Hören Sie zu?«

»Alles okay«, versicherte ich beruhigend, »ich höre zu wie der Untersuchungsrichter.«

Offenbar ein etwas unpassender Vergleich, denn Lemke zuckte leicht zusammen.

»Na ja«, fuhr Silvie fort – scheinbar war Lemke der Sprache nicht mächtig –, »Sie hatten mich doch gefragt wegen Ihrem Hundchen. Wir haben da was beobachtet.«

Auf einmal war meine Lethargie wie weggeblasen.

»Wo hat denn Herr Lemke seinen Bungalow?« fragte ich.

»Na in Mahlsdorf doch«, sagte Silvie, als verstünde sich das von selbst. »Da haben ein paar Kollegen nach der Wende relativ preiswert anlegen können. Jetzt sind die Preise ja schon wieder viel höher und ...«

Ich machte eine ungeduldige Handbewegung.

»Ja. Und paar Grundstücke weiter – also wir wissen nicht, wem das da gehört!«

Hier schüttelte Lemke energisch den Kopf.

»Da stand immer so 'n oller Schuppen mit 'nem Zwinger leer. Und da heult jetzt immer 'n Hund.«

Jetzt tat Lemke doch den Mund auf.

»Ick bin Tierfreund«, sagte er ernst. »Ick hab selbst 'n Hund. So 'n Bursche. Kaukase.«

»Hab ich ja beim Tierarzt gesehen«, bestätigte ich. Ich war wach wie nach zehn Tassen Mokka.

»Manche jehn zu Hundekämpfe. Det könnte ick nie. Nie, sage ick Sie.«

Silvie stupste ihn in die Seite. Offenbar lenkte ihr Freund das Gespräch in eine Richtung, in die es partout nicht sollte. Sie nahm auch schnell den Faden wieder auf.

»Man kann ja ooch nich schlafen bei dem Krach. Geschweige denn, wat anderes. Und da hat mein Verlobter mich einfach mal hingeschickt, nachsehn. Da is den ganzen Tag keen Mensch. Steht bloß so 'n Wassernapf und 'ne Regentonne und unterm Dach 'n Papiersack mit Trockenfutter. Wenn man kommt, verzieht sich der Hund nach drinnen. Aber ick hab ihn noch reinlaufen sehn. Und was da lief, das war groß und schwarz und hat gehinkt.«

»Ick bin Tierfreund«, hub Lemke wieder an.

Ich schnitt ihm das Wort ab. »Kann ich die Adresse haben?«

»Adresse, hm, na ja...« Lemke ruckte unbehaglich mit den Schultern.

»Silvie«, sagte ich. »Was nützt mir Ihr zweifellos wertvoller Hinweis, wenn ich es nicht finden kann? Mahlsdorf ist weit.«

Silvie nickte.

»Es sollte mehr so 'ne Art wertvoller Hinweis sein«, bemerkte sie schlau. »Denn wissen'se, mit den Nachbarn da ist nicht gut Kirschen essen. Wenn die irgendwie spitzkriegen, daß unsereins damit zu tun hat, also da mag ick jarnich dran denken.«

Ich wurde langsam kribbelig.

»Jeder weiß, daß ich die halbe Stadt abgeklappert habe nach Canossa. Warum soll ich nicht auch durch Mahlsdorf gekommen sein. Ein Dutzend Leute können mir dort erzählt haben, daß da immer ein fremder Hund heult. Warum zum Teufel sollte man auf Sie kommen? Denken Sie, ich verpfeife Sie? Dazu ist mir mein Hund viel zu wertvoll.

Helfen Sie mir lieber richtig, oder helfen Sie mir gar nicht.«

Die beiden tauschten einen Blick.

»Wenn man sich darauf verlassen kann«, sagte Lemke, »und wenn es Ihnen ooch was wert is, so 'nen Tip zu kriegen...«

»Ich habe schon...«, hob ich an. Silvies erschrockener Blick hielt mich zurück. Die Lemke-freie Pauschale sollte wohl außerdem noch erhalten bleiben. Aber er wollte auch was.

Ich stand auf und ging an meinen Schreibtisch.

»Hundert sofort«, sagte ich, während ich mein Seitenfach aufschloß, und kam mir vor wie auf dem Basar, »und hundert, wenn sich Ihr Hinweis als richtig erweist.

Und mein Wort, daß ich keiner Seele verrate, woher der Tip stammt.«

Das Schweigen der beiden sah nach Zustimmung aus. Von meiner kleinen Rücklage für Notzeiten würde nicht mehr viel übrigbleiben.

Aber dies hier schienen schließlich besagte Notzeiten zu sein.

Lemke nahm den Schein und steckte ihn längs gefaltet in die Seitentasche seiner Lederjacke. Kleines Zubrot. Fläschchen Sekt zum Frühstück. Dann beschrieb er umständlich, aber genau, wo sich sein Bungalow befand. Er beschrieb es nur einmal und gestattete nicht, daß ich es aufschrieb.

Beim Abschied drückte mir Silvie besonders herzlich die Hand und bemerkte: »Wir kommen dann wieder aufeinander zu.«

Klar, ihre Prozente wollte sie natürlich extra.

Ich sah auf die Uhr.

In einer halben Stunde war bei Frau Doktor Schtakowa-Finkelschtejn Mittagspause. Da saßen nur noch drei oder vier Patienten da. Ohne mich einen Moment zu verschnaufen, brach ich auf.

Im Wartezimmer die gleichen Typen wie beim erstenmal, nur daß man diesmal vor mir die Augen niederschlug oder gelegentlich in die andere Richtung guckte. Ich zögerte einen Moment, dann marschierte ich an allen vorbei, klopfte kurz und machte die Tür auf. Keiner protestierte.

Claudia verabschiedete gerade eine Dogge und sein Herrchen mit einem Rezept. Als sie mich sah, hellte sich ihr Gesicht auf.

»Gut, daß Sie kommen! Frau Doktor hat schon auf Sie gewartet.«

Natalia kam aus dem Nebenzimmer. Stumm und heftig schloß sie mich in die Arme. »Ich weiß was über Ihren Hund«, murmelte sie dann.

»Und ich weiß vielleicht, wo er ist.«

Sie sah mich an, dann knöpfte sie sich entschlossen den Kittel auf.

»Claudia, schicke die restlichen Patienten nach Hause. Wir schließen heute früher. Sag ihnen, ich habe einen Notfall.

Wir fahren gleich da raus, Frau Quade. Unterwegs erzähle ich und erzählen Sie. Wo soll es sein?«

»In Mahlsdorf.«

Sie nickte. »Hoffentlich ist jetzt kein Stau. Claudia, du kommst mit.«

Fünf Minuten später saßen wir in einem knallgrünen Saporosh, jene Art Auto, von der es immer hieß, es würde die Lautstärke eines Panzers mit der Geländegängigkeit eines Schlittens im Sommer und der Schnelligkeit eines Traktors vereinen, und so dröhnten wir gen Osten. Unsere Unterhaltung war demzufolge mehr ein Anschreien.

Natalia hatte, so erfuhr ich, ihren Kunden zugesetzt, ihnen sogar mit Anzeige gedroht, wenn die Verletzungen der Tiere allzu merkwürdig waren, jeden, der ihr verdächtig vorkam, in die Mangel genommen. Schließlich gab es irgendwo einen Riß in der Mauer. Und dann brauchte sie nur noch nachzustoßen. Canossa war nämlich ganz woanders gelandet als da, wo ich und auch sie die ganze Zeit vermutet hatten.

Aus Bruchstücken setzte sich schließlich das ganze Bild zusammen.

Pauli und Männe, die beiden Penner, hatten Canossa mit einem Stück Leberwurst ins Gebüsch gelockt und sie, immer das Futter vor der Nase, leicht dazu bewegen können, ihnen zu folgen. Fressen war nun mal ihr Leben. Irgendwann hatte sie einen Strick um den Hals und eine Schnur um die Schnauze.

Eigentlich wollten die beiden bloß mir einen Streich spielen. Weiter hatten sie überhaupt nicht gedacht.

Aber dann wollte es der Zufall, daß sie vor dem Supermarkt, wo sie ihre nächsten Biere inhalierten, auf jemanden trafen, der mit den illegalen Hundekämpfen zu tun hatte.

»*Wer* das war«, sagte Natalia in fast normaler Lautstärke, denn wir hielten gerade bei Rot am Strausberger Platz, »das wollten mir meine Klienten nicht sagen, und das wollte ich auch gar nicht wissen. Man soll nicht zuviel wissen. Aber der suchte gerade Übungshunde.«

»Was ist das – Übungshunde?« fragte ich, und mein Herz klopfte so, daß ich es im Hals spürte.

»Das sind Hunde, an denen die Kämpfer scharfgemacht werden. Manchmal nimmt man Welpen«, erklärte die kleine Doktorin, als erzähle sie mir die Regeln eines neuen Gesellschaftsspiels, »um den Blutdurst zu wecken. Aber wichtiger sind natürlich Hunde, die sich zwar wehren können, aber aufgrund ihres Temperaments oder ihres Alters unterlegen sind. Die richtigen Kampfhunde sind schließlich äußerst kostbare Objekte, die jagt man nicht im Training aufeinander, sondern nur im Ernstfall, sozusagen.«

Wir fuhren an.

Der Lärm dieses Autochens war selbst für meine stumpfen Ohren eine Zumutung.

»Heißt das«, schrie ich, »daß diese Übungshunde im allgemeinen umkommen?«

Natalia nickte.

»Früher oder später«, sagte sie mit gewohnter Ruhe. »Welpen natürlich gleich.«

»Und meine Canossa ist... Das ist ungeheuerlich! Kann denn da nicht der Tierschutzverein oder die Polizei ...«

Sie legte mir ihren rechten Arm einen Moment auf die Hand, ehe sie wieder ans Steuer griff.

»Frau Quade«, sagte sie mit der milden Eindringlichkeit, mit der ein Erwachsener auf ein begriffsstutziges Kind einredet. »Hundekämpfe sind verboten. Generell illegal. Was wollen Sie? Ärger kriegen oder Ihren Hund wiederhaben?«

Ich schwieg.

Wir erreichten die nächste Ampel.

»Canossa wurde als Übungshund verkauft«, sagte ich mühsam beherrscht.

»Ja«, entgegnete Natalia freundlich. »Eigentlich wäre damit alles aus gewesen. Aber dann trat etwas ein, das alles umkehrte. Hatten Sie in letzter Zeit an Ihrem Hund Veränderungen bemerkt?«

»Veränderungen?«

Ich überlegte.

»Spielfreudiger war sie vielleicht, schnüffelte viel rum, suchte mehr den Kontakt zu anderen Hunden.«

Sie nickte mir anerkennend zu. »Gut beobachten«, lobte sie mich. »Genau. Wie lange haben Sie Ihren Hund schon – ach, na ja. Nicht lange genug. Es muß sehr komisch gewesen sein.«

Sie kicherte vor sich hin.

Wir fuhren ein Stück weiter, während ich vor Ungeduld und auch Ärger fast platzte. Nächste rote Ampel.

»Sie können sich ja denken – Hundekampf ist Männersport.«

»Mördersport«, sagte ich. Sie nickte.

»Und in den Ring gelangen selbstverständlich nur Rüden. Machos unter sich, sozusagen. Und dann passierte die Überraschung. Zwar stürzte sich der jeweilige Gladiator immer mit gefletschten Zähnen und gesträubtem Nackenfell auf die Sparring-Partnerin, aber dann – dann nahm er Witterung auf.«

»Nur weil Canossa eine Hündin ist?« fragte ich ungläubig.

»Nein! Nein!« Sie strahlte jetzt über das ganze Gesicht. »Sie haben doch die Veränderungen beschrieben! Canossa war heiß! Läufig, brünstig, Sie verstehen? Es war Zeit, sie hatte mehr Glück, als es auf der Welt gibt, anstatt sie zu zerfleischen, wollten alle Rüden sie nur immer lieben, lieben, lieben!«

An dieser Stelle brach Claudia auf dem Rücksitz in ein so unbändiges Gelächter aus, daß ich unwillkürlich mit einstimmen mußte.

»Ick versuch mir das vorzustellen!« rief sie. »Die sitzen da und warten aufs erste Blut, und statt dessen klettern die Jungs uff sie ruff!«

Wir waren jetzt auf der Höhe von Friedrichsfelde und hatten einigermaßen freie Fahrt, was freilich die Kommunikation einschränkte.

Auf der Höhe der Schnapsfabrik hatten wir endlich wieder Rot.

»Wir lachen!« sagte ich empört. »Und was ist, wenn diese Zeit vorbei ist? Drei Wochen maximal, nicht wahr? Dann wird sie den Bestien zum Fraß vorgeworfen, oder?«

Natalia schüttelte den Kopf.

»Es hat Leute gegeben, die klüger waren. Welche, die gehört hatten, daß die Hündin ganz anderen Wert hat. Die haben jetzt das Sagen. Und die werden nun wohl verhandeln. Darum ist es gut, wenn wir uns beeilen. Links ab, nicht wahr?«

»Links ab«, bestätigte ich.

»Aber was ist ihr wahrer Wert?«

Natalia sah geradeaus.

»Muß man rausfinden«, sagte sie.

34

Den Bungalow von Lemke hatte ich schnell gefunden.

Es war ganz still.

Kein Hundegeheul. Die Siedlung sah verlassen aus. Wer sollte sich da auch hin verirren, zu dieser Jahreszeit und mitten in der Woche.

Wir gingen den Weg zwischen den Grundstücken entlang, alles ungemein gepflegt, schmiedeeiserne Gartentore meistens, Hollywoodschaukeln ohne Polster, deren Nacktheit der der Bäume merkwürdig ähnlich war. Vergilbter Rasen. Müde Gartenzwerge.

Ich hatte die Beschreibung im Kopf. Hinterm Zaun den Trampelpfad rein, der Schuppen zwischen den Holunderbüschen.

Die beiden Frauen kamen hinter mir her. Natalia hatte ihre Arzttasche dabei, Claudia vorsichtshalber den Werkzeugkasten, falls irgendwas aufzustemmen oder zu zerschneiden war.

Da war es. Der drahtgeflochtene Zwingerzaun, die Regentonne, der Wassernapf, der umgekippt war, und der aufgerissene Papiersack mit dem Trockenfutter, zur Selbstbedienung.

»Canossa«, lockte ich leise.

Nichts. Kein Mucks. Ich wiederholte den Namen lauter.

Und dann sah ich es.

Unterm Drahtzaun ein metertiefes Loch, schwarze, nasse, frische Erde. Sie hatte sich rausgebuddelt.

Das war der Moment, wo ich die Beherrschung verlor. Claudia erzählte mir später, daß ich losgesaust wäre wie angestochen und nur noch »Canossa, Canossa!« durch die Siedlung gebrüllt hätte und daß mir dabei die Tränen stromweise übers Gesicht liefen. Bei irgendwelchen alten Laubenpiepern, die da draußen Dauerwohnung hatten, wären die Türen aufgegangen, rundum hätten Hunde angefangen zu bellen, und sie beide, also Claudia und ihre Chefin, konnten gar nicht so schnell hinter mir her sprinten, wie ich alte Schachtel vorgab.

Meine scheußlichen Ohren waren mal wieder Schuld dran, daß ich meinen Erfolg erst später mitkriegte als die beiden anderen.

Natalia mußte mich erst bei den Schultern packen und umdrehen, damit ich sie heranhecheln sah: struppig und zerzaust, einen durchgebissenen Strick um den Hals, stolpernd und auf drei Beinen hinkend wie verrückt – meine olle Canossa.

Ich warf mich auf die Knie, um sie in meinen Armen aufzufangen, und kippte bei ihrem Ansturm um. Mit einer wirklich markerschütternden Mischung von Jaulen, Bellen, Winseln und Heulen drehte sie sich im Kreis, besprang mich, fiel um, rappelte sich wieder auf, fiel wieder hin. Sie stank so entsetzlich wie damals, als ich sie aus dem Tierheim holte, war klapperdürr, ihr Fell verkrustet von Dreck, an ihrem Hinkebein eine eiternde Schwäre.

Unser erster Begrüßungstaumel dauerte bestimmt ein paar Minuten, währenddessen die beiden anderen leicht verlegen daneben standen, wie Außenstehende, die einer Familienszene beiwohnen.

Dann sagte die kleine Doktorin: »Wunderbar, mußte alles sein. Aber ist es nicht besser, wir nehmen die Beine in die Hand? Ich weiß nicht, ob alle einverstanden sind, wenn wir hier den Hund entführen.«

»Das ist ja wohl die Höhe!« entgegnete ich, noch immer außer Atem. »Wir holen hier einen gestohlenen Hund zurück!«

»Schwer zu beweisen«, bemerkte sie lakonisch. »Noch dazu bei den Leuten hier. »Wir sollten nicht zu lange machen. Und Canossa braucht medizinische Betreuung.«

Letzteres Argument zog. Ich stand vom Boden auf, wo ich noch immer kniete, und ich muß beinah genauso verdreckt ausgesehen haben wie mein Hund.

»Komm, meine Schöne«, sagte ich. »Wollen nach Hause gehn.«

Aber das war zuviel verlangt.

Mein Rufen und Schreien hatte ihre letzten Kräfte mobilisiert. Nun lag sie da, mit jagenden Flanken, hechelnd, sah zu mir auf, wedelte mit dem Schweif und machte gar nicht erst den Versuch, sich zu erheben.

»Och, das ist schlecht«, sagte Natalia besorgt – ich wußte nicht recht, ob wegen des Hundes oder unseretwegen.

»Kein Problem«, sagte Claudia forsch. »Wird sie eben getragen. Komm'se, Frau Quade, Sie vorn, ich hinten. Hau-ruck!«

Und so schleppten wir denn die alte Töle raus aus dieser verflixten Laubenkolonie, wo uns nun bestimmt ein Haufen Leute gesehen hatte – was mir in dem Moment aber vollständig wurscht war.

Als wir am Auto angekommen waren, atmete Canossa flach und schniefend.

»Spritze«, bestimmte Natalia, nachdem wir sie auf die Hintersitze gehievt hatten. Und dann zu mir: »Freudenschock kann schlimmer sein als alles vorher. Wir müssen aufpassen. Claudia, du fährst. Ich gehe mit nach hinten.«

Claudia fuhr. Also falls man das Fahren nennen kann. Ich hatte das Gefühl, sie hatte ihre Fahrschule auf 'm Kartoffelacker gemacht, und bestimmt war es nicht immer ungefährlich, aber das kriegte ich nur am Rande mit.

Ich saß nur schief nach hinten gebeugt auf meinem Beifahrersitz, die Hand an Canossas Kopf, und redete über den Motorenlärm hinweg auf sie ein, und die Doktorsche kümmerte sich da hinten um sie – wie, weiß ich auch nicht.

Und immer, wenn wir an einer Ampel hielten oder im Stau – mit einem Ruck, daß ich dachte, mir fällt der Kopf ab, und Claudia sagte so was wie »huch« oder »nanana« –, hörte ich, daß mein Hund so seltsame Töne zwischen Winseln und Brummen von sich gab. Ich glaube, sie weinte.

35

Wir fuhren direkt in Natalias Praxis.

Sie sagte, sie müsse sie in Ruhe und mit allen notwendigen Instrumenten untersuchen, und vor allem – wenn man mal von ihrem ramponierten Allgemeinbefinden und dem schlechten Kreislauf absah – machte ihr das Bein Sorge, das olle Hinkebein, an dem sich irgendein Abzeß gebildet hatte.

Zum Transport vom Auto ins Haus holte Claudia eine Decke, und wir schleppten sie wie in einer Hängematte auf den OP-Tisch. Natalia horchte an ihr rum.

»Schwierig«, sagte sie. »Ich muß das Bein machen. Aber Herz und Kreislauf sind nicht gut. Betäubungsspritze kann ich nicht riskieren. Nur örtlich, Sie verstehen? Haben Sie starke Nerven, Frau Quade?«

»Wie Drahtseile«, sagte ich, obwohl ich am ganzen Körper flog.

Sie sah mich zweifelnd an. »Ich kenne harte Männer, denen es nichts ausmacht, sich mit einer Übermacht zu prügeln. Aber wenn man in ihrem Beisein in ihren Hund reinschneidet, fallen sie um wie ein Baum.«

»Männer vielleicht«, erwiderte ich. »Frauen sind da anders.«

Claudia nickte mir ermutigend zu. »Wir packen das schon, Frau Quade, wa?«

Es ging also darum, daß ich meinen Hund während der Operation festhalten und beruhigen sollte. Canossa ließ sich widerspruchslos die Pfoten festbinden, aber als sie ihr auch die Schnauze zuschnüren wollten, fing sie an zu zucken und zu zappeln.

»Das mag sie nicht«, sagte ich. »Sie regt sich auf. Das ist nicht gut.«

»Nein, ist nicht gut«, bestätigte die Ärztin. »Aber muß sein. Wenn was weh tut, schnappt man eben doch.«

»Canossa schnappt nicht«, erklärte ich bestimmt, obwohl ich mir durchaus nicht so sicher war. »Wenn ich ihr den Kopf festhalte und mit ihr rede, dann schnappt sie auch nicht.«

»Ick würd ja uff Frau Quade hören«, sagte Claudia, die alle möglichen eklig aussehenden Instrumente zurechtlegte. »Eh det olle Mächen vor Aufregung 'n Kollaps kriegt, soll sie doch lieber 'n bißken schnappen.«

Das Argument schien zu ziehen.

Ich redete also auf meine Hündin ein, und die beiden fingen an, an ihr rumzumachen. Nein, hingucken tat ich nicht. So tollkühn war ich denn doch nicht. Mir reichte, wie es roch und klirrte und wie Canossa manchmal zusammenzuckte und hechelte. Erst erzählte ich ihr, was für 'n tapferer toller Hund sie wäre. Und dann malte ich ihr aus, wie wir es uns beide zu Hause gemütlich machen würden und was für Riesennäpfe voll Fressen ich ihr immer hinstellen würde und was wir für Spaziergänge unternehmen würden, wenn sie erst wieder okay wäre. Und als mir nichts mehr einfiel, was ich ihr zuflüstern konnte, fing ich an zu singen, die Kinderlieder, mit denen ich meine Söhne früher zum Einschlafen gebracht hatte. Ich kam mir zwar mehr als merkwürdig dabei vor, aber es schien sie sichtlich zu beruhigen, und irgendwann – es kam mir vor wie nach Stunden und Aberstunden – sagte die Doktorin: »So, das haben Sie beide aber gut gemacht. Jetzt kommt Canossa an den Tropf, wegen Kreislauf, und da bleiben wir auch dabei. Und Claudia kocht für uns einen schönen Kaffee.«

»Sie haben's also geschafft?« sagte ich.

»*Wir* haben's geschafft«, bestätigte sie. »Den Rest muß Canossa allein schaffen.«

Es mußte richtig gemütlich ausgesehen haben, wie wir da beide mit unseren Kaffeetassen am Tischchen saßen, auf dem sogar ein Sträußchen stand, das bestimmt ein dankbares Patientenfrauchen mitgebracht hatte. Nur, daß neben uns meine Hündin am Tropf hing und leise vor sich hin hechelte, und ihr dick verbundenes Bein ragte von ihr weg, als wenn es gar nicht zu ihr gehörte. Nebenan kramte Claudia mit den Instrumenten und machte sauber.

Natalia griff in ihre Brusttasche und holte etwas Kleines, Linsenförmiges heraus, das sie mir auf der flachen Hand hinstreckte.

»Das war's«, sagte sie lakonisch.

»Was is 'n das?« fragte ich blöd. »'n Smartie?«

Sie sah mich an, ohne zu lächeln. Dann zog sie ein sauberes Papiertaschentuch vor, wickelte die Winzigkeit darin ein und steckte sie sorgfältig wieder weg. »Das habe ich aus Ihrer Hündin herausgeholt«, sagte sie ruhig. »Das hat sie so kostbar gemacht für gewisse Leute.«

Ich begriff überhaupt nichts, und sie bemerkte es. Bedächtig nahm sie einen Schluck von dem Kaffee. »Kocht guten Kaffee, die Claudia, nicht wahr?« plauderte sie.

Ich wartete.

»Frau Quade«, sagte sie und seufzte ein bißchen. »Ich weiß nicht, ob Sie sich erinnern. Ganz zu Anfang habe ich Ihnen eine Geschichte erzählt, aus der Antike. Sklave, dem man die Haare scheren mußte, um an die Botschaft zu kommen.«

»Klar, erinnere ich mich«, erwiderte ich. »Sie haben vermutet, meine Canossa hat auch so eine versteckte Botschaft, die wir nicht kennen.«

Sie nickte. »Was ich Ihnen da eben gezeigt habe, war die Botschaft des antiken Sklaven.«

»Das Stückchen Plastik?«

»Silicium«, verbesserte sie mich. »Das ist ein Chip. Informationen, verstehen Sie? Canossa war sozusagen Geheimnisträger.«

Obwohl ich von dergleichen keine leise Ahnung habe, dämmerte mir langsam, um was es ging.

»Sie meinen, in meinem Hund war dies Ding versteckt, und darum waren alle so scharf auf sie?«

»Ich reime es mir zusammen«, sagte die kleine Ärztin und schloß ihre Hände, die geschickten Hände, die eben Canossa von diesem Fremdkörper befreit hatten, um die Kaffeetasse.

»Diese Leute, die Canossa hatten, bevor sie ins Tierheim kam ...«

»... die Gruppe Reiter-Finkelschtejn«, sagte ich böse.

Es verschlug ihr den Atem.

Sie sah mich an, und als ich merkte, daß sich ihre hellen Augen langsam mit Tränen füllten, begann ich mich zu schämen, noch bevor sie den Mund auftat.

»Wir sollten versuchen«, sagte sie, nicht aus lauter Liebe zu unserem Tier die Rücksicht auf Menschen zu vergessen. Onkel Frithjof hat für alles, was er vielleicht getan oder gelassen hat, gebüßt. Und meinen Vater könnten wir vielleicht draußen lassen bei dem Gespräch? Nicht, daß er unschuldig ist. Es tut mir nur sehr weh.«

»Tut mir leid«, murmelte ich. »Es soll nicht wieder vorkommen. Mein Sohn hat immer Gruppe zwei gesagt zu der – zu diesen Leuten. Wir müssen uns ja irgendwie verständigen.«

»Ja«, sagte sie still. »Also Gruppe zwei. Und Gruppe eins ist dann wohl ...«

»... die Gruppe Quade«, ergänzte ich hart. »Und somit sind wir quitt.«

Wir guckten uns an, als wenn wir uns entweder duellieren oder umarmen wollten, und ließen dann beides bleiben.

»Also«, fuhr Natalia fort. »Die Gruppe zwei bekam Schwierigkeiten und hatte Informationen, die nicht in die falschen Hände fallen sollten – ob das nun die Polizei oder Gruppe eins war, kam auf eines heraus. Um die Informationen sicherzustellen, implantierte man den Chip in Canossa.«

»Was für Informationen?« wollte ich wissen.

Sie zuckte die Schultern. »Keine Ahnung. Vielleicht über Quellen. Vielleicht über Absatzmärkte. Vielleicht über Depots oder Wege. Dinge, die wir besser nicht wissen sollten. Sehr gefährliches

Wissen. Jedenfalls, man hat es dem Hund in den Knochen am Bein implantiert. Der es gemacht hat, war nicht sehr gut. Sonst hätte der Hund nie gehinkt. Und sonst wäre der Chip nicht auf Wanderschaft gegangen in dem Bein.«

Sie zog verächtlich die Nase kraus. Eindeutig ärgerte sie sich über die Pfuscherei.

»Weiter«, drängelte ich. »Was passierte dann?«

Natalia zuckte wieder die Schultern. »Hier fehlt uns ein Stück Film. Offenbar sollte jemand die Hündin irgendwohin bringen, jemandem übergeben. Und offensichtlich hat derjenige – wie sagt man doch? – kalte Füße bekommen bei dem Auftrag. Oder ist aufgeflogen. Und vorher hat er den Hund an den Baum vorm Tierheim gebunden. Gutes Versteck vorerst. Und als man sich wieder soweit gesammelt hatte, daß man ihn abholen wollte, war er schon weg. Bei Frau Quade. Die ganze Szene hatte Wind davon bekommen. Und alle wollten ihn haben, auch wenn Gruppe eins – sagen wir so? –, also Gruppe eins zunächst wohl gar nicht wußte, was sie an dem Tier benötigten. Den Rest kennen Sie ja. Auf einmal war der Hund wieder weg – die dümmste Geschichte der Welt. Zwei Penner und die Kampfhundszene mischten sich ein, wo sie gar nichts zu suchen hatten. Aber vielleicht hat das Canossa das Leben gerettet.«

»Sie meinen ...?«

»Klar meine ich«, sagte sie streng und goß sich Kaffee nach. »Man hätte sicher drauf kommen können, daß es das Bein war. Aber die Frage ist, ob man sich die Mühe gemacht hätte, wenn keiner da war, der es wußte. Außerdem läßt sich ein toter Hund viel einfacher sezieren als ein lebendiger.«

36

Der Tropf war durchgelaufen.

Canossa schlief erschöpft, und die Ärztin meinte, nachdem sie noch einmal an ihr herumgehört hatte, es ginge ihr den Umständen entsprechend gut.

»Eigentlich könnten Sie sie mit nach Hause nehmen«, sagte sie.

»Und uneigentlich?«

Sie sah mich verständnislos an.

»Aber, Frau Quade – meinen Sie nicht, man weiß inzwischen, daß Ihr Hund wieder bei Ihnen ist?«

»Ja, und?«

»Nun, denken Sie wirklich, daß man Sie da in Ruhe läßt? Drei Frauen und ein grüner Saporosh, das ist doch rauszukriegen. Und dann ...«

»Soll ich jetzt meinen Lebensabend mit Canossa in Ihrer Praxis verbringen oder was?« fragte ich aufgebracht.

»Für länger würde das sicher auch nichts helfen«, sagte sie ungerührt. »Man kennt sehr wenig Skrupel, wie Sie wissen. Es gibt nur einen einzigen Weg. Man muß klarmachen, daß Ihre Hündin nicht mehr Informationsträger ist. Und das ist nicht ungefährlich.«

»Für wen?«

»Für mich«, sagte sie. Sie war aufgestanden und ging im Raum hin und her, die Hände in den Taschen ihres Kittels vergraben.

»Jedenfalls, wenn ich das Ding, das ich aus ihr herausgeholt habe, nicht denen in die Hände spiele, die es haben möchten – egal, ob das nun Gruppe eins oder Gruppe zwei ist –, sondern der Polizei.«

»Geben Sie's einfach mir«, sagte ich. »Ich bringe es hin, zusammen mit Reiters Aufzeichnungen. Damit endlich Schluß ist.«

»Ja, endlich muß Schluß sein«, sie nickte. »Ich geh jetzt mal telefonieren.«

»Und dann?«

»Dann sehen wir weiter.«

Sie ging nach nebenan und machte die Tür hinter sich zu. Claudia hatte sich zu mir und Canossa gesellt, streichelte deren Fell und murmelte Freundliches in ihr Ohr. Mein altes Mädchen schnarchte.

»Hört sich gut an«, sagte Claudia aufmunternd.

Ich nickte. Irgendwie war ich fest davon überzeugt, daß meinem Hund jetzt nichts mehr passieren konnte. Daß sie gesund werden und alles in Ordnung kommen würde.

»Haben Sie eigentlich mitgekriegt, um was es geht?« fragte ich Claudia geradezu.

Sie schüttelte den Zottelkopf.

»Wissen'se was, Frau Quade? Es gibt Dinge, die weeß man besser nicht. Da gibt man sich erst gar keene Mühe, an 'ne Tür zu horchen. Aber daß das arme Hundchen zu irgend 'ner Sauerei mißbraucht worden ist, mit dem Ding im Bein, das ist mir schon klar. Ham'se Vertrauen in Frau Doktor. Die holt Sie schon raus aus der Sache.«

Es war schon komisch, daß dieses bunte Vögelchen mit der unzerstörbaren Fröhlichkeit und dem goldenen Händchen für Tiere mir mit ihren Worten solchen Trost geben konnte. Claudia war in Ordnung.

Natalia betrat wieder den Raum. Ihr Gesicht war so ruhig, wie es meist zu sein schien. Nur auf einmal fiel mir auf, daß ich mich immer getäuscht hatte, wenn ich von einem Kindergesicht gesprochen hatte. Diese runden Wangen und die kleine Nase, dazu die Flechtenfrisur. Aber auf einmal sah ich das Netz von Fältchen um die Augen und die Linien von den Nasenflügeln runter zum Mund, und ich machte mir klar, daß ich ja eigentlich nur zu rechnen brauchte – zu Frithjofs großer Zeit war sie ein kleines Mädchen gewesen. Also mußte sie jetzt auch schon auf die Vierzig zugehen.

»Alles klar«, sagte sie ruhig. Sie untersuchte den schlafenden Hund. »Fein. In einer halben Stunde können wir sie transportieren. Claudia kommt zu Ihnen dann in die Wohnung, versorgt das Bein.«

»Und Sie?« fragte ich.

»Ich habe eben mit dem Botschafter telefoniert«, erklärte sie. »Ich muß die Praxis vorerst schließen und gehe in die Botschaft. Mal sehen, wie das weitergeht. Claudia, kannst du meinen Hund nehmen? Der Botschafter hat eine Katze.«

»Klar nehm ich den Hund, Frau Doktor«, sagte Claudia ungerührt. So schnell war sie wohl nicht zu erschüttern.

Die Ärztin trat an den Schreibtisch.

»Ich gebe dir einen Scheck für die nächsten drei Monate«, sagte sie, während sie schrieb. »Wir machen hier erst mal zu. Du versorgst die Fälle, die in Arbeit sind. Ich telefoniere morgen mit Petersen wegen der Vertretung. Und vergiß nicht – Frau Quade muß noch bezahlen. Ich schreibe die Rechnung, du kannst dann kassieren.«

»Was soll das alles?« fragte ich.

Sie atmete tief durch.

»Ich packe jetzt ein paar Sachen ein«, erklärte sie freundlich. »Nur das Nötigste. Ich begebe mich sozusagen in Asyl. Das Ding hier«, sie klopfte auf ihre Brusttasche, wo sich im Papiertaschentuch der Chip befand, »bringen wir beide gemeinsam zur Polizei. Zusammen mit Frithjofs Notizen, die wir vorher bei Ihnen abholen. Canossa immer dabei. Auf der Polizei erwarten mich schon Leute von der Botschaft und nehmen mich mit. Ist das gut so?«

Ich nickte benommen. »Aber«, stammelte ich, »Sie haben doch gesagt – die Sicherheit von Canossa... Wenn die nun noch kommen...«

Die kleine Frau senkte die Lider.

»Ich habe noch einen zweiten Anruf getan«, sagte sie leise. »Man weiß Bescheid. Und keine Sorge, es spricht sich schnell rum. Da sind immer undichte Stellen.«

Ich brauchte eine Weile, bis mir klar wurde, daß Finkelschtejns Tochter, indem sie die Sicherheit von mir und Canossa gewährleistete, gleichzeitig auch noch jemanden vorgewarnt haben mußte. Nun konnte sie ihrer moralischen Pflicht nachkommen. Und sich in Sicherheit bringen. Aber gar so unsicher wäre es wohl alles für sie nicht geworden.

37

Spektakuläres passierte nicht mehr.

Ich wurde noch ein paarmal von der Polizei vernommen und im Haus mal wieder geschnitten. Ich pflegte Canossa, die sich für ihr Alter richtig schnell erholte, und nachts heulte ich um den Tod des kleinen Jonas Frohgemuth. Ich machte mir Vorwürfe, daß ich ihn vielleicht hätte retten können, wenn ich Frithjofs Papiere eher abgeliefert hätte. Aber natürlich war das auch nur eine Vermutung.

Im Gegensatz zu früher durchstöberte ich eifrig die Zeitungen. Immer gefaßt auf Nachrichten wie: Rauschgiftring aufgeflogen oder Drogenmafia entlarvt oder so was. Aber nix war. Ein paar Tonnen Heroin wurden irgendwann von einer findigen Kollegin Canossas an der Grenze erschnüffelt. Aber daß da Namen genannt wurden oder Leute zur Rechenschaft gezogen, davon hörte ich nichts. Kann ja sein, daß solche Interna eher im verborgenen abgehandelt werden. Die Quade-Holding sitzt ja auch noch unangekratzt in Düsseldorf und boomt vor sich hin.

Übrigens ist es gelogen, daß ich nachts nur um Jonas Frohgemuth heulte. Ich heulte auch um Frithjof Reiter und um meinen Sohn Torsten. Und da war es schon sehr wohltuend, wenn Canossa an mein Bett gehinkt kam und ihren dicken Kopf mit tröstenden Brummlauten unter meinen Ellenbogen schob.

Über alles wächst Gras.

Irgendwann grüßten mich die Leute wieder, Professor Bauhöffer versuchte mal eine ziemlich dämliche Anmache und bekam die Abfuhr, die er brauchte, Schilling heiratete, damit seine vier Kinder wieder 'ne Mutter hatten, ausgerechnet Schwester Liane, und da oben war jeden Tag Mord und Totschlag, so daß die Hausmafia ihr Thema hatte. Als mich Hanne Brandt im Hausflur wieder mit »Ham'se schon gehört, Frau Quade...!« empfing, wußte ich, daß die Welt wieder heil war.

An Natalia Schtakowa-Finkelschtejns Praxis hängt auch jetzt, nach Neujahr, immer noch das Schild: »Bis auf weiteres bleibt die Kleintierpraxis geschlossen. Vertretung Dr. Petersen.« Von der kleinen Doktorin habe ich nichts mehr gehört.

Claudia versorgte Canossa, solange es noch nötig war und darüber hinaus, was seine Gründe hatte.

Kürzlich sah ich sie nämlich nicht nur mit der gefleckten Töle ihrer Chefin, sondern auch noch mit einer anderen Neuerwerbung: Arm in Arm mit Oliver Kempowski aus unserem Haus. Ich hatte mich schon gewundert, daß seine Musik sogar für meine Ohren nicht mehr so oft zu hören war und daß er neuerdings statt in Diesel-Klamotten in solchen zerfetzten Höschen und DocMartens rumrannte, wie die Kids vom Tacheles. Nun ist das Rätsel gelöst.

Weihnachten und Neujahr verbrachten wir beide, Canossa und ich, in aller Stille. Weil ich mir dachte, sie würde sich vor der Knallerei ängstigen, die mich natürlich kalt läßt – zarte Töne! –, hatte ich ihr Silvester ein Schnäpschen mit Brot eingeflößt, und sie schnarchte herrlich.

Wir machten einen wunderbaren Spaziergang und stellten fest, daß das Radisson Plaza umgebaut wird. Von mir aus. Ich bin nicht scharf darauf, der Lounge dort einen Besuch abzustatten.

Übrigens schrieb mir mein Sohn Dirk aus Neubrandenburg. Sie wollen im Sommer einen Club-Med-Urlaub machen, dabei können sie die Blagen nicht gebrauchen. Früher gab's das Ferienlager, aber keinen Club Med. Jetzt ist das umgekehrt. Und da fragt man an, ob Oma die Kinder eventuell mal nehmen kann. Von mir aus. Hauptsache, sie vertragen sich mit Canossa.

Aber vielleicht sollte ich mir bis dahin doch so ein blödes Hörgerät zulegen, damit die lieben Kleinen mit mir nicht Schlitten fahren.

38

Der Januar ist ein blöder Monat, immer alles grau in grau und nirgends was los. Keiner hat mehr Geld, die Lokale sind leer, man trifft auf niemanden, der interessant ist, und das ist für eine neugierige Frau beinahe das Schlimmste.

Außerdem wurde Canossa in der letzten Zeit furchtbar behäbig und setzte an den Flanken an, und immer wenn ich sie mal zu einer schnelleren Gangart bringen wollte, hechelte sie rum wie ein überfetteter Mops. Na ja, das Alter. Dachte ich mir. Aber Spaziergänge machten gar nicht mehr solchen Spaß wie vorher, obwohl es ja auch ein Pluspunkt ist, wenn man nicht an jeder Ecke damit rechnen muß, auf irgendeinen Typen zu stoßen, der einem das Tierchen abjagen will. Also, in der Hinsicht war Ruhe – hoffentlich endgültig.

Es setzte gerade mal wieder ein Schneeregen ein, und ich ging die Asche in den Container bringen, als mich jemand von hinten anquatschte – was ich nicht so besonders mag: »Hallo, Frau Quade!«

Aber als ich mich umdrehte, freute ich mich denn doch.

Karl und Rosa, das nette Peacy-Pärchen, stand leibhaftig in meinem Hinterhof, offenbar bereit, mir einen Besuch zu machen.

Ich wäre sogar zu bewegen gewesen, für die beiden Kaffee zu kochen, aber dazu hatten sie keine Zeit, sagten sie. Statt dessen einen Anschlag auf mich vor.

»Frau Quade«, sagte Rosa und schlug entschlossen die Beine im allzu dünnen buntgemusterten Rock übereinander«, was sollen wir lange um den heißen Brei herumreden. Wir sind einfach auf Sie gekommen. Wissen Sie, wir suchen händeringend nach Leuten, bei denen Karls ›Fälle‹, wenn sie entlassen werden oder auf Bewährung sind, vernünftig wohnen können, damit sie resozialisiert werden.«

Das Wort gefiel mir. Die Vorstellung, jemanden von Karls »Fällen« bei mir zu haben, weniger.

Eben war ich den Ärger los. Wer weiß, was ich mir da wieder einhandeln würde.

»Lassen Sie mich um Gottes willen zufrieden«, sagte ich entschieden, aber offenbar nicht entschieden genug, denn die beiden dachten nicht daran aufzugeben.

»Haben Sie nie an einen neuen Untermieter gedacht?« fragte Karl.

»Das schon. Aber aus 'nem anderen Milieu.«

»Na fein«, sagte Rosa pikiert. »Dann nehmen Sie sich man 'nen Wessi, der noch nie in seinem Leben 'nen Kohleofen gesehen hat und nicht daran denkt, Ihnen mal paar Steine aus dem Keller zu holen, geschweige denn die Selters von Mueller« – sie war gut informiert, der selige Jonas war wirklich eine Plaudertasche gewesen –, »der zwar pünktlich zahlt, aber die Tür hinter sich zumacht und sich beschwert, wenn Sie nicht gründlich putzen für sein Geld!«

»Es gibt ja auch andere«, bemerkte ich.

»Bestimmt. Und die wollen wir Ihnen ja vermitteln«, hakte Karl ein.

»Frau Quade, wir kennen da 'n junges Mädchen, die kommt gerade vom Entzug.«

»Entzug wovon?«

»Bloß Koks«, sagte Karl beruhigend. »So 'n liebes Ding, und ganz allein. Die braucht einfach jemanden wie Sie. Und tierlieb ist sie auch, hatte 'ne Katze, die dann ins Tierheim mußte.«

Ich schwieg.

»Frau Quade! Dürfen wir sie mal rumschicken? Bloß zum Kennenlernen, ganz unverbindlich?«

»Ganz unverbindlich«, sagte ich widerstrebend. »Ich sage nicht zu.«

Meine Antwort schien total in die falsche Kehle zu kommen.

Rosa sprang auf und umarmte mich stürmisch. »Wir wußten, daß wir uns auf Sie verlassen können!« rief sie aus.

Karl hatte sich runtergebeugt und streichelte Canossa.

»Wann ist es denn soweit?« fragte er.

»Was soll soweit sein?«

»Na, die Entbindung.«

Ich starrte ihn an wie eine Erscheinung.

»Wovon reden Sie?«

Karl sah zu mir auf.

»Frau Quade, ich komme vom Land. Meine Eltern haben Berner Sennenhunde gezüchtet. Ich sehe, wann eine Hündin tragend ist und wann sie niederkommt. Und die hier braucht höchstens noch zwei Wochen.«

Mir fiel es wie Schuppen von den Augen. Die Kampfhund-Affäre! Du liebe Güte, und mein Mädchen in dem vorgerückten Alter...

Ganz konfus verabschiedete ich die beiden. Wenn sie gewollt hätten, hätten sie mir in diesem Moment eine ganze Fußballmannschaft von Heroinsüchtigen als Untermieter verkaufen können.

Morgen muß ich sofort zu Petersen.

Und wer nimmt mir die Welpen ab? Hanne Brandt kriegt bestimmt einen. Schon, damit sie mal auf andere Gedanken kommt.

In der Zweiten Reihe sind bisher erschienen:

Band 2001 Michael Nava: Der kleine Tod
Band 2002 Waldtraut Lewin: Dicke Frau auf Balkon
Band 2003 Michael Nava: Goldjunge
Band 2004 Tom Wittgen: ... liebes Kind, komm, geh mit mir
Band 2005 Frigga Haug: Jedem nach seiner Leistung
Band 2006 Tamara Domentat: Ende eines Tanzvergnügens
Band 2007 Frank Augsburg: Aufschwung Ost
Band 2008 Hartmut Mechtel: Der unsichtbare Zweite
Band 2009 Lewin & Margraf: Jochanaan in der Zisterne
Band 2010 Shelley Singer: Glänzende Aussichten
Band 2011 Michael Nava: In einer Stadt so nett
Band 2012 Tom Wittgen: Crossbody – Der Wrestling-Krimi
Band 2013 Bernie Bookbinder: Das Baseball-Outing
Band 2014 Wolfgang Kienast: Der Galgenbaum
Band 2015 Marge Piercy: Frau am Abgrund der Zeit
Band 2016 Hartmut Mechtel: Das Netz der Schatten
Band 2017 Waldtraut Lewin: Alter Hund auf drei Beinen